小老外看中国

Little Laowais in China

三个德国孩子的新中国漫记

〔德〕索尼娅·布里 著 朱霞 译
Sonja Brie

北京大学出版社
PEKING UNIVERSITY PRESS

图书在版编目（CIP）数据

小老外看中国：三个德国孩子的新中国漫记 /（德）索尼娅·布里（Sonja Brie）著；朱霞译. —北京：北京大学出版社，2019.8
ISBN 978-7-301-30537-9

Ⅰ.①小… Ⅱ.①索… ②朱… Ⅲ.①纪实文学 – 作品集 – 德国 – 现代 Ⅳ.①I516.55

中国版本图书馆CIP数据核字（2019）第100505号

书　　　　名	小老外看中国：三个德国孩子的新中国漫记 XIAO LAOWAI KAN ZHONGGUO
著作责任者	〔德〕索尼娅·布里（Sonja Brie）著　朱霞　译
责任编辑	谭艳　赵阳
标准书号	ISBN 978-7-301-30537-9
出版发行	北京大学出版社
地　　　址	北京市海淀区成府路205号 100871
网　　　址	http://www.pup.cn　新浪微博：@北京大学出版社
电子信箱	pkuwsz@126.com
电　　　话	邮购部 010-62752015 发行部 010-62750672 编辑部 010-62755910
印　刷　者	北京中科印刷有限公司
经　销　者	新华书店
	880毫米×1230毫米　32开本　6.125印张　100千字 2019年8月第1版　2019年8月第1次印刷
定　　　价	49.00元

未经许可，不得以任何方式复制或抄袭本书之部分或全部内容。
版权所有，侵权必究
举报电话：010-62752024　电子信箱：fd@pup.pku.edu.cn
图书如有印装质量问题，请与出版部联系，电话：010-62756370

作者:索尼娅·布里

Gedanken an China

Sonja Brie

Du fernes, fremdes, wundersames Land –
wieviele Tränen senkt' ich in die Erde
und hielt die harte Erde in der Hand –
du fernes, fremdes, wundersames Land...

Die Sehnsucht flammte kühl wie Morgenrot
und barg den Tag mit zitternder Gebärde,
barg Fels und Stein, vom frühen Licht umloht –
und Sehnsucht war mir dort wie täglich Brot.

Wer weiß, wie der Vollendung Schönheit brennt?
Die Tempel Chinas sind von solcher Größe,
von solcher Schönheit, die vollkommen nennt,
wer auch den Schmerz des allzu Schönen kennt...

Du fernes, fremdes, wundersames Land –
unendlich steigt der Berge graue Blöße,
und endlos fließt das ebne, weite Land –
wie ich dich liebte – und doch nicht verstand...

念中国

索尼娅·布里

你这遥远、陌生、美妙的国度,
我有多少泪水为你洒入泥土,
我手捧着坚硬的泥土,
你这遥远、陌生、美妙的国度……

渴望像朝霞一样在清冷地燃烧,
它被晨光点燃,
颤抖地展露了白日和山岩,
渴望于我如一日三餐。

有谁知道,尽善尽美这么灼人?
中国的庙宇如此高大、美丽非凡,
堪称完美无缺,
美哉至极,心受熬煎……

你这遥远、陌生、美妙的国度,
灰色赤裸的山峦挺拔云间,
平原辽阔,大地无边,
我对你茫然不解,又充满爱恋……

前言

本书写于1961年至1962年,作者是我的母亲索尼娅·布里。当时我们刚刚从中国回到民主德国(东德)。1958年3月至1961年6月,我们在中国生活了三年多。(图1)在中国的日子对我母亲产生了很大影响。她对中国的热爱旷日持久,直到2011年在柏林去世,书前的小诗便是一个例证。

这种对中国的热爱和敬仰贯穿了这本小书。我母亲在世时,这本书没能用德文出版。她当时写这本书是为了让民主德国的青少年了解20世纪50年代末、60年代初的新中国及其古老的历史。然而这一时期中苏关系的恶化也影响到民主

III

小老看外中国

图1 书中的小主人公：安德烈、托马斯和米沙三兄弟（从左至右）

德国与中国的关系，民主德国的出版社不能出版对中国进行正面积极报道的书籍。因此，其中所表达的对中国以及中国的社会主义建设的好感使这份手稿被打入冷宫，束之高阁。50多年后，这份手稿就像被扔到大海中的漂流瓶一样，终于漂到了中国的岸边。

几年前，我在访问北京大学国际汉学家研修基地时，将手稿交给了潘建国教授和荣新江教授。我觉得这份手稿与这里的许多档案一样是时代的见证。令我非常感激的是，我的中国同事们建议用中文出版此书。我母亲从外国人的角度对50年代末和60年代初的中国的观察是我们中德两国的共同遗产。

我母亲索尼娅·布里是一名记者，1925年出生在德累斯顿。她的父亲是一位商人。在法西斯主义盛行的年代，和当时的大多数德国人一样，全家也随波逐流。但是，在目睹了战争的残酷，纳粹德国对人类犯下的滔天罪行、对欧洲犹太文化的灭绝及对波兰、苏联和东欧人民的残杀,以及1945年2月自己的家乡德累斯顿被炸成废墟之后,我母亲决心投入建立一个新的、完全不同的德国的事业,她于是成为一名社会主义者。1948年,她与我的父亲霍斯特·布里结婚。我的父亲出生于一个德国犹太共产主义者家庭,纳粹时期,全家成功地逃离了法西斯的德国,途经捷克斯洛伐克和波兰,流亡到英国。(图2)战后,我父亲回到了民主德国。我母亲从联邦德国(西德)迁居到民主德国,在大学学习新闻学。他们的三个儿子——我的两个哥哥安德烈、托马斯和我分别出生于1950年、1951年和1954年。

1958年至1961年、1964年至1965年,我的父母两次被派往民主德国驻中国大使馆,我母亲在使馆的新闻文化处工作。回国后,从60年代后半期到1985年退休,她就职于东柏林的新闻学院,来自亚洲、非洲和阿拉伯世界国家的新闻记者们在这个学院进修,她与他们一直保持友好的联系。2011年,她在

图 2 父亲霍斯特·布里

柏林去世。

《小老外看中国》主要从她的二儿子托马斯的角度,以托马斯的口吻讲述了三兄弟在中国的经历。这些故事以他们从柏林途经莫斯科来到北京开始,以他们准备乘坐民主德国的大型货船回家而结束。这些简单生动的小故事真实地反映了新中国的日常生活和文化,尤其是那里的儿童们的生活。书中赞扬了中国人民勤劳、智慧、乐于助人的优秀品质,展现了中国的历史建筑古迹,描述了工业化和集体化给中国带来的发展和进步。通过新旧对比,说明了中国人民摆脱了外来压迫和封建统治,正在以高涨的热情建设自己的国家。

每个故事都自成一体,分别讲述了三兄弟在中国过春节、在海边度假、到少年宫参加庆祝活动、攀登长城、到农村去劳动、去矿山了解科学奥秘等经历见闻。为了使这本书在民主德国拥有广泛的读者,这些小故事写得非常生动通俗。我非常希望,这本书也能受到当今中国读者的喜爱。

对于我们兄弟三人来说，在中国度过的这段时间是我们童年中最美好的时光。我们有幸了解了中国这段时期阳光灿烂的一面。我们现在知道，1958年至1961年对中国人民来说正是非常困难的时期。今天，1949年开始的崛起过程成功地得以继续，中国不愧为一个拥有古老文明的伟大国家，为此我们感到非常欣慰。我母亲在晚年时，面对世界上的种种问题常常说："幸亏还有中国。"

我母亲这份尘封的手稿令人庆幸地保存了下来，因而有了这本书。本书得以出版首先要感谢北京大学国际汉学家研修基地的同事们，在我们自己未抱出版希望的情况下，他们对手稿表现出很大兴趣，努力为手稿的出版牵线搭桥。由扬·图罗夫斯基教授负责的罗莎－卢森堡基金会北京办事处也对此书的出版予以支持。我的妻子朱霞将手稿译成中文，1988年，我在民主德国与她相识，这使我那源于童年的中国情结转化为深深的爱情。

书中插图源自索尼娅·布里和她的朋友黑尔佳·岑佩尔堡、伊雷妮·埃克勒本 20 世纪 50 年代末、60 年代初在中国拍摄的照片。

米夏埃尔·布里（米沙）

2018 年 8 月于柏林

目录

我们去中国 /1

迷路 /11

"紫禁城"与灰胡同 /25

小牛的故事 /33

在少年宫过儿童节 /45

在北戴河度假 /59

白沙中的胡椒粒 /69

不可理喻的驴和大字报 /79

长城 /91

孟姜女哭长城　/99

屋顶上的瓜和绿色的棚子　/109

安德烈的叙述：摘棉花　/117

铁之谜　/127

春节　/141

丝绸、茶叶和黑麦面包　/161

我们去中国

每天晚上睡觉前，妈妈都给我们讲故事，许多故事里面都有三个兄弟。我们也是三个兄弟。

这些故事总是千篇一律，老小是英雄，有时候，老大也是英雄，而中间的老二却总是很无能。这真令我愤愤不平，因为我就是三个兄弟中的老二。难道我因此就是个傻瓜、无能儿？

为了这个，我现在要讲一个故事，一个我、我哥哥安德烈和我弟弟米沙的故事。你们等着瞧吧！童话故事都是编造出来的，而我的故事却是真实的。

一天，爸爸回到家，对我们说："我们去中国。"我们自然以为他在开玩笑。可是，妈妈却开始把我们的衣服、裤子和鞋子都装到大箱子里，连我们的玩具都装进去了——那么，这肯定是真的了。

在学校，大家都特别羡慕我们。我的好朋友于尔根问我，去中国是不是比去柏林还要远，他的奶奶住在柏林。（参见图3）我哈哈大笑，对他说，去中国要走一万两千公里。可是，一万

小老外看中国

图 3 "中国在哪里？"米沙（右）在北京民主德国大使馆表演小品

两千公里到底有多远？就连我们三兄弟中最大的安德烈也不知道。爸爸摊开地图，指给我们看中国在哪里，我们用手丈量着：从我们什未林到柏林的距离只有我的指甲盖那么小，而从什未林到中国得用两只手来丈量。那么中国真的很远了，因为从什未林到柏林还需要坐将近四个小时的火车呢。我们去中国的首都北京要坐多少小时的火车呢？我真想试一试，但是，爸爸却说，我们坐飞机，因为飞机更快。那么好吧，坐飞机也更带劲。

妈妈给我们每个人买了一个彩色背包背上，玩具熊从包里探出头来，它们也想看看世界。

在柏林，一切都进行得很快，我们还没来得及好好看看飞机，就坐在了上面。飞机启动了，先在地面上滑行。突然，安德烈喊了起来："我们飞起来了！"然后，我们就越飞越快，越飞越高。

我们先到了苏联首都莫斯科。在那里，我们又登上了另一架

5

看小中老国外

飞机,型号是图-104[1]。在我眼里,第一架飞机就已经很大了,但是这架飞机在图-104旁边却显得相当矮小。图-104的速度也要快两倍,飞得也更高。从飞机的舷窗向下看,地面几乎像在地图上那么渺小,但是白茫茫的,因为苏联到处都是厚厚的雪。苏联很大,我们从柏林起飞,过了一小时之后,妈妈说:"现在我们在苏联的上空。"白天过去了,我们夜里睡着了,醒来时,已经又是白天,而我们仍然飞在苏联的上空。[2]

当我又睡着了的时候,安德烈叫醒了我:"看呀,托马斯,那儿就是中国。"我凑到舷窗前。这就是中国?我们的下面没有雪了,大地是黄色的。它也不再是平坦的,而是起伏不平的。妈妈解释说,那是中国北部的戈壁滩,我们将住在北京,那里完全是另一番风景。她说得没错,但是戈壁滩有时也会跑到北京去,这一点

---

[1] 图-104是最早的喷气式客机之一。从柏林到莫斯科的伊尔-14是螺旋桨飞机。
[2] 图-104在从莫斯科飞往北京的途中,必须在鄂木斯克和伊尔库茨克两次着陆。

妈妈当时还不知道。

我们乘车从机场来到城里，我不记得最初的几个小时是怎么度过的了。（参见图4）我们在兴奋劲儿过去之后，疲惫不堪，一觉睡了好长时间。

第二天，我们就出去看世界了。正值春天，阳光明媚。一般来说，我最不喜欢跟着爸爸妈妈，而是喜欢自己到处跑，但是今天，我很庆幸有他们在身边。大街上有很多人，可能因为是星期天，大家都出来逛街。而且妈妈说，北京是一个大城市，有500万人生活在这里，大街上的人当然也要比在我们小小的什未林要多得多。（图5）

我们这样在人群中穿梭了一个小时之后，米沙突然问："中国人到底在哪儿呢？！"安德烈和我马上叫了起来："你真是个傻瓜！"我们的小弟弟以为中国人都像在木偶戏中一样，木偶戏中的中国人都是黄色的。等我们回家以后，一定要告诉木偶制作人，中国人根本不是柠檬黄的颜色。他肯定没去过中国，他不可能知

图 4 在北京住所的房顶上（左为米沙）

图 5 北京第一印象

道这一点。

中国人确实是黑头发，几乎所有人都穿着长裤，就连小女孩也穿着长裤。但是，看得出来她们是女孩，因为她们都扎着彩色蝴蝶结。

我们三个人的黄头发和皮短裤肯定让中国孩子们觉得非常好笑，他们总是盯着我们看，好多孩子还喊着什么。我们要是能听懂就好了！但是妈妈最后还是明白了他们的意思，尽管她也没有学过中文。这些孩子们在喊"德鲁日巴"，这不是汉语，而是俄语，意思是"友谊"。我们也回答"德鲁日巴"，大家都兴高采烈。在陌生的大城市北京突然找到了这么多朋友，真是天大的好事。"德鲁日巴"是一个魔力无比的词。

迷路

第二天早晨,我们得去上学。(图6)我开始有点儿害怕,我担心自己什么也听不懂,得学3000多个描描画画的汉字才能阅读。然而,这是一所德语学校,是我们德意志民主共和国政府建立的学校。

妈妈陪我们去上学,这使我感到别扭。我可不是一年级的新生,需要妈妈牵着手去上学。"我们自己回家。"我提出要求。"你们走错了路怎么办?"妈妈不同意。"嗨,这条路很好找。坐三站公共汽车,然后一直走,再向右拐,不会走错。""那么好吧。"妈妈让步了,"你们反正一起回家。再见!"

我们正好赶上升旗仪式,在阳光照耀下的广场上,大约50个孩子站在长满花骨朵儿的槐树下面。(图7)如此而已,学校这么小!尽管如此,这所学校仍然和我们的学校差不多。校长向我们问好,我们和同学们来到各自的班里。开始上课了,我有好一阵子忘了自己是在中国,与德国相距数千公里。

我在放学时才又意识到自己是在中国。我寻找安德烈,他正

小老外看中国

图6 安德烈去上学

图 7　使馆学校的升旗仪式

坐在他们班的教室里，慢慢地削着铅笔，还没有收拾书包。"你已经放学啦！"他吃惊地说，"我们还有一节课呢。你想等我吗？"

哎呀，真糟糕！妈妈肯定没想到这一点，我可不想等。"我现在就走。"我说。

"你不会迷路吧？""不会的，我跟着我们班的同学走就是了。""还是等我吧！"

"不等，不等！"我忽地一下就跑开了。然而，等我出了校门，来到大街上，其他同学已经毫无踪影。他们是不是在车站等车呢？我继续跑。可是，当我拐过弯，却看见公共汽车正在开走，在等车的地方卷起一片尘土。好吧，那我就在这儿等车吧。（图8）我数着奔跑的汽车，看着驴拉着两轮车慢腾腾地向前走，有时候也能看见骡子在拉车，几乎看不到马。

这时候，下一辆公共汽车进站了。我上了车，向梳着粗粗的黑辫子的售票员递过去一毛钱。她把车票递给我，还找了我三枚小硬币。我看了看小硬币，它们有点像我们的芬尼。我小心翼翼

图 8　上公共汽车

地让它们躺在我的裤兜里。用它们能买一根冰棍吗?肯定不能。这里到底有卖冰棍的吗?在家里快到冰激凌店开门的季节了……在什未林,于尔根和我们班的其他同学现在也放学回家了吧?不对,这真是瞎扯。在什未林,与中国相比,太阳晚七个小时升起,我放学的时候于尔根还在睡觉呢。

汽车突然刹车,我几乎撞到了门上。到底还有几站呢?也许我应该下车了?但是,汽车又开了,我往外看去,到处都是那么陌生。我怎么从来没见过这些房子?我坐过站了吗?或者我上错车了?我没有注意上的是哪路车,今天早晨也没注意。真糟糕!

继续坐下去毫无意义,我不知所措地在下一站下了车。怎么办?要是在家的话,不知道怎么办时就去问民警,但是,在这儿谁也听不懂我说什么,最好一站一站地往回走。我走呀走呀,到底走了多远了?我感到有些不妙。

突然,我看到左边有一个大门,听到里面有孩子们的说笑声。是我们学校吗?不是,这是一所中国小学。我马上忘了

迷路的事儿，心想：我一定得进去看一看！我于是来到了校园里。(图9)

这么多孩子呀！不止50人，得有100多人。这里一片欢声笑语，热闹非凡。那里架着乒乓球台，小小的球儿飞快地弹来弹去，羽毛球也呼呼地从空中飞过。女孩子们在跳绳，绳子抡得越来越高。突然一帮男孩儿和女孩儿围住了我，大家都冲着我说话。我可以猜出他们在问我什么，只是我不知道怎么回答他们。这时，一个跟我差不多高的男孩儿把一个乒乓球拍塞到我手里，这下可好了！我不会说中文，但我会打乒乓球。

我们开始比赛，如果我打出一个漂亮的扣球，观众们就会为我鼓掌和呐喊。

可是这时，叮铃铃，上课的铃声响了，孩子们一股风似的消失得无影无踪。只有那个和我打球的男孩儿还站在那里，满腹狐疑地看着我。这时，我又想起了回家的事。他一定是猜到了什么，绕过球台，拉着我的手穿过操场，来到刚从楼里出来的两个大人

小老
看外
中
国

图9 在一所北京学校校园里的中国儿童

面前，他们是他的老师。他急促地向他们述说着，他们问了什么，他又在回答。我一句也听不懂，但是我知道：他们在说我。最后，其中的一位老师抚摸着我的蓝色少先队领巾，慢慢地用生硬但非常清楚的德语问："德国？"我点点头，他亲切地微笑着，又用中文说了些什么。这一回是我的小伙伴点了点头。他转过身来，拉着我的手，和我一起向大街走去。他想送我回家吗？但是，他却带我来到另一个院子里，喊着什么。一位长者走到我们面前，他皮肤黝黑，结实健壮。男孩再次转向我，指着自己说："王。"我懂了，我指着自己说我叫托马斯。他开始向我解释。我明白了这个长者是他的爷爷，他将用脚踏人力车把我送回家。他认识德国人住的房子。

我太高兴了，心里的一块石头落了地，竟然忘了致谢，当我终于想起来的时候，我看到他已经又走进了学校大门。他的爷爷向我示意，让我坐到人力车上。这是一辆三轮车，前面是像自行车一样的横梁和车座，但是和自行车不同的是后面不是行李架，

看小中老国外

而是一个座位，看上去就像带扶手的靠背椅一样。从前人力车是用手拉，拉车的人得自己跑，很费力，挣钱很少，因为车不属于他，他得把挣的一部分钱交给车主。有了脚踏人力车，就轻松多了，蹬车的人是合作社的社员。

这些我是从妈妈那里听说的，因为第一天这种奇怪的车便引起了我的注意。妈妈还说："如果北京有了足够多的公共汽车和出租车，那么这种人力车也会被取消。一个人这么费力地蹬车，只是为了让另一个人舒服地闲逛，这多不好呀！"我知道，她永远不会允许我坐这种奇怪的人力车。

而现在，我还是坐在了上面。这其实很有趣，但是我拿不准：我是希望安德烈和妈妈这样看到我呢，还是不希望他们这样看到我。不管怎么样，这比在满是尘土的小巷中步行要舒服多了，我肯定很快就到家了。老爷爷现在向左拐了个弯，这条路有点儿上坡。我看到他在用力蹬车，后背的衬衫上透露出深色的汗迹，把我送上坡对他来说很费劲儿。

"喂。"我喊道。我其实可以下车,自己走上去,可是他没有听见。他默默地、吃力地踏着脚蹬子,他也许已经这样劳作了五十年。

我羞愧得无地自容,我的脸在发烧,我现在绝对不想被人看见。

又转过一个弯儿,我看见了我们住的大楼。老爷爷转过身来,和蔼地点点头,布满皱纹的额头上挂着大滴汗珠。他让车慢慢地溜着停下来。我突然想起来:这需要花钱!坐人力车当然要花钱。我只有坐公共汽车剩下的三分钱。三分钱还不够买一个冰棍儿。怎么办?我一着急就笨手笨脚地从车座往下爬。老爷爷停下来,看着我。我的手在裤兜里掏来掏去。我只有三分钱,没有其他有用的东西。最后,我满脸通红地把三分钱递给他。他把三分钱装进兜里,微笑着目不转睛地看着我。这时,我把右手伸给他,他抓住我的手,用力地握了一下,然后又上了车。

好啦,这下我可到家了。你们肯定想知道,我妈妈听说了我的历险记之后是怎么说的。她说:"回来就好,但是,你再也不许坐人力车了。"这还用她说吗,我自己已经下定决心了。

「紫禁城」与灰胡同

我们的探索还远远没有结束。复活节的早晨,我们乘车从城市的一端去另一端。我们惊奇地发现:一堵高高的墙围绕着巨大的灰色的北京城。从前,这是城市的界限,它曾经抵御了来犯之敌,保护了城市居民。现在北京城扩大到城墙以外,新的住宅和工厂在向农村延伸,为了给大街让道,城墙有些部分被拆除了。新的住宅很高,色彩鲜艳,内部敞亮。"谁住在里面?"我问。"不用说,跟我们那里一样。"妈妈说。不说我也明白了:盖房子和造机器的工人们住在里面。他们在楼前种了花草树木,看上去跟我们那里一样。

城墙后面的街道很窄,我总是担心公共汽车会撞到墙上。这里的房子低矮,是灰色的,很多窗户上糊着纸。"为什么糊着纸呢?"我问。"玻璃太贵了。"妈妈说。许多房子没有烟囱。"没有烟囱怎么取暖呢?""人们从前必须忍受寒冷。"妈妈回答说。"为什么房子都是灰色的呢?""那是抹在上面的粘土。颜色也要花很多钱。""为什么这些房子这么矮?""中国的皇帝下令,所有的房子都不能高于他的宫殿。""我们也能去看宫殿吗?"妈妈点着头说:"你们看到前面五颜六色的屋顶了吗?那就是故宫。"我们默默地走过白色大理石桥,它通向一座高高的红彤彤的建筑,这就是天安门。

妈妈告诉我们:"故宫就像一个小城一样,从前,人们把它叫作'紫禁城'。你们看,在整个故宫的周围环绕着一堵高高的墙,只是这堵墙不是灰色的,而是红色的。""皇帝为什么需要这堵墙呢?"我迫不及待地问。妈妈继续说道:"这堵墙是为了保护皇帝不受人民的侵犯。为了更安全,他还让人在墙前挖了壕沟。任何工人和农民都不准踏上这座大理石桥,只有挑选出来的仆人可以从这座桥上走过。皇帝一人做主,如果他做出了一个有关中国的决定,那么他就让一个大臣站在入口的天安门上,把圣旨扔给在下面站着的下级官吏,人们就这样得到皇帝的圣旨。"

皇帝是否知道,中国人民为什么废除了他?"这不是明摆着的事吗?"安德烈说,"人民住在很窄的巷子里,那里尘土飞扬,而这里却是……"

所有的房子都像围墙一样粉刷成红色,台阶都是大理石造的。用石头凿出的动物和用青铜浇铸的动物坐在大门前,大门是用厚重的木头做的,如果皇帝不想开大门,谁也不能打开它。故宫的屋顶也不是灰色的,上了釉的琉璃瓦五彩缤纷,它们在蓝天之下富丽堂皇、金光灿灿。

皇帝就是这么生活的。"当看到北京城的简陋的小屋,他难道不惭愧吗?"安德烈生气地说。妈妈回答说:"他不惭愧。他根本就不看它们。他待在巨大的、到处是守卫的皇宫里。如果他要出城去颐和园,他就坐在轿子上,拉上帘子。即使在他的皇宫中他也不走路,他让人抬着自己。"

确实如此!在一个大殿里,我们还看到了这种轿子。它像一个大椅子,在椅座下面有两根长杠。四个人抬着皇帝。"可恶!一个人这么懒,可恶!"我诅咒着。

现在,这个"紫禁城"成了一个开放的城。古柏下的漂亮园林成为人们散步的地方。许多人还坐在长椅上读书和学习。这里还有儿童游乐场，游乐场里有滑梯、转椅、秋千和爬杆。所有建筑都允许入内，里面是展览和博物馆。

我也得说一说那些狭窄的灰色胡同会发生什么变化。等我长大了，再到中国来的时候，我也许找不到它们了，我们现在就住在城墙外紧挨着城墙的一个新楼里。放眼望去，到处都在建设。（图10）几个星期前，这里也有灰墙和小房子，公共汽车要想开往城墙外的新城区，就必须在狭窄的胡同中走"单行道"。有一天，公共汽车平常走的道路不让通行了，那里的小房子已经搬空了，住户搬到了新房子里，公共汽车不得不绕道穿过更窄、尘土更多的小巷。工人们来了，他们用锤子和锄头清除旧北京。他们头顶炎热的太阳，戴着大草帽，勤奋地工作着。有时，他们脱下衬衫，上身很快就晒成了古铜色，汗湿的皮肤油亮亮的。晚上，当他们累了渴了离开工地的时候，其他工人又来接班。他们在聚光灯的照射下，整夜工作，不让旧房子有片刻安生。

图10 我们的宿舍楼,周围还在建设

有一次,在新的街道上许多人在围观。他们在看什么呢?我们跑了过去:挖土机来了,它用巨大的挖斗装载和清除垃圾瓦砾,转眼之间就清除干净了!就好像童话中的巨人出来帮了忙。中国人在鼓掌,他们欢快地向挖土机司机致意。

"看呀!"我对安德烈说,"机器比人更能干。"但是,我哥哥总是比别人知道得更多。他摇着头说:"机器是人制造的。"是的,当然啦,是人制造了机器。是谁从山里开采了铁矿石?是谁熔化了矿石,炼出了钢铁?是谁发明和制造了机器?不是工人是谁?有了机器,人的力量就更大了。这么说,机器的巨大力量来自人的巨大力量了?对此,我还得好好琢磨琢磨。

我们的米沙也在琢磨。在回家的路上,他说:"你们知道吗,等我长大了,我要当泥水匠。然后,我再到中国来,帮助中国人盖房子。他们还需要好多房子呢。"

小牛的故事

我们的妈妈出去了几个星期。她坐车向南走了两千多公里,到了汹涌澎湃的长江江畔。(图11)临走之前她挨个儿问我们,她应该给我们带点儿什么回来。呵,我想要的东西真不少:小折刀、邮票、可以上弦的小汽车和啪啪响的手枪。但这些东西在北京也买得到。妈妈去的遥远陡峭的大山里有什么宝物呢?我想了好半天。

妈妈走之前的最后一天,我终于把我的小笔记本交给她,她可以方便地把小笔记本装在包里。我对她说:"带个故事回来,写在我的小本本儿里。"妈妈笑着说:"我看着办吧。"我说:"不能看着办,你得向我立下少先队员的保证!"有了少先队员的保证就不能食言了,妈妈也不例外。

妈妈回来以后,把小笔记本还给了我,里面有一个小牛的故事。她说,大山和满山谷的杜鹃花向她讲述了这个故事。但是,她也可能是从向火车招手欢笑的儿童们的眼睛里读到了这

图11　索尼娅·布里在中国南方

个童话。

不管怎么来的,这个童话是这样的:

在中国广阔的领土中间,横亘着一座高高的很难通行的山,这座山叫秦岭。山峰直耸云天,山顶上,在顽强生长的枯黄的杂草之间,松柏只长到膝盖那么高。猛禽顽强孤独地在山顶盘旋。冬天,山里刮着大风,气候寒冷。夏天,烈日毫不留情地将狭窄的山谷变成一个火盆。雨季到来时,湍急的山溪从山峰奔腾而下,卷走石土、种子和树丛。

是的,种子也被卷走了。有人在山里生活,这里的山谷都不宽,容不下一条街,只在顺着山谷的深渊里有一些小路。别问他们吃什么。从大风中幸存下来的一小块土地便是他们的田地。夏天,在光秃秃的山顶上,在陡峭的山坡上,在幽深的山谷里,可以看到田地里闪亮的绿色。这里的土地很贫瘠,这里的人们很贫穷。

他们怎么住？他们没有木头建房子，没有工具采石头。秦岭人在黏土山坡上打个洞居住。他们的房子是一个山里的洞，没有亮光，很狭窄。

许多人从来没见过房子，比如他们之中的妇女们。按照习俗，妇女们不能离开村子、不能走到山外，她们用田里的收获和树上的果实去换盐和布。只有男人们一年一度地走出大山，道路艰难凶险，因为总是有恶狼在峡谷中流窜，冲着人们吼叫，扑向单独行路的人。

在这样一个窑洞村庄中住着小牛。他只认识这个村庄、周围的大山和石头丛生的河谷，在河谷中通常只流淌着细细的水流，而在雨季河水则奔腾咆哮，水流湍急，威胁着生命。

小牛十岁。他已经会掘地、播种、浇水、割麦子。有一天，他爸爸和村里的其他男人又踏着艰难的道路从外面回到山里，他们带来了令人惊讶的消息。住房子的人们的生活好像发生了变化，他们不再像以前那样以嘲讽和轻蔑的态度接待这些住窑洞的人。他们热情地为这些口渴的人提供热水,对货物不讨价还价,诚实无欺。他们告诉这些受宠若惊的人,他们斗倒了地主,重新丈量了土地,他们共同劳动,现在中国到处都是这样。他们还说将来不会再有军阀、强盗放火烧村庄和抢劫,在遥远的首都,那些为农民的事业洒下鲜血的人在管理国家。

窑洞里的生活使这里的人们世世代代揣测着来自四面八方的危险。小牛的爸爸是一个多疑的人,珍贵盐巴的价钱使他感到奇怪,他已经习惯了对住房子的人要心存戒备。他害怕出现新的危险,于是,忐忑不安地离开了他们的村庄。但是,好几个月过去了,大家一直平安无事。

白天越来越长。春天到了,山里一片新绿,花卉为山坡披上迷人的五彩花袍,种子从田中冒出绿芽,人们摆脱了寒冷,从窑洞的黑暗中解放出来。在这样一个美好的春日,小牛的目光越过河谷，他看到对岸有很多陌生人，他们不止 100 人。

小牛不会数数，他从来没有上过学。整个河谷都回响着呼呼嘭嘭的敲击声，这个来自远处的声音越来越响，这些陌生人正在用强有力的手臂和金属工具与大山搏斗。他们砸下了一块又一块石头。他们好像在修路，可是为什么需要一条路呢？

小牛忘记了时间，他站在那里看得入了神。直到听到爸爸的训斥，他才想起去田里浇水的艰难任务。他一边提着水桶顺着石头河岸往上走，一边叹息着：潮水太高，没法趟水过河到陌生人那里去，不能从近处看一看他们那奇怪的、贪婪的、吞噬大山的劳动。

小牛现在每天都惦记着到陌生人那里去，他们在帐篷里睡觉，或者干脆睡在外面的地上，他们的号子声和歌声有时随风飘来，小牛觉得陡峭的山坡似乎被他们敲成了碎块。而他的爸爸却忐忑不安地、恼怒地观察着这些令人奇怪的举动。他再三嘱咐儿子,不要经常暴露自己,最好藏起来,留神看管好田地。

本来很听话的小牛却越来越忍耐不住强烈的好奇心。当河水下降,刚刚露出第一块石头的时候,他马上踩着石头一口气跳了过去,他睁大好奇的眼睛,并随时准备逃离。

没有人训斥他,没有人打他。几个陌生人把镐撂在了一边。他们微笑着来到小牛身旁,向他问这问那,他们的语言听起来很熟悉,但是却难以理解(要知道,这个山里说的是方言,这种方言与北方城市的普通话不一样)。小牛不知所措,他向四周望了望,把重心从一只脚移到另一只脚,然后撒腿就跑,飞快地跳过了河。

小牛的爸爸从山上的田里看到了儿子胆大妄为的举动。他还没有来得及教训儿子,两个陌生人便在傍晚的余晖中过了河,来到小牛和他父母的窑洞里。

小牛的妈妈躲在暗处,小牛的爸爸理直气壮地弯腰站在洞口,示意儿子退到后面去。陌生人按照本地人的习惯,用山里的方言打了招呼。他们郑重地说,人民政府要修建一条穿过秦岭的铁路,这条铁路有利于国家,将连接西安和成都。他们说,有了这条铁路就可以把物资和盐运到山谷中来,他们将从山中开采煤和矿石,建造工厂和炼铁,制造铁锹和犁铧。所有这些都需要这条铁路,有了这条铁路,山里的生活也会越来越好:"你们可以盖房子、建学校和建工厂。"

说着,他们走近了一些。他们请小牛爸爸抽烟,并铺开一张地图,上面是熟悉的大山,闪光的轨道上有一个铁家伙。小牛怎么能懂得这一切呢?小牛的爸爸又怎么能理解世道变了,他获得了人的尊严?

他们摸不着头脑。他们从来没有听到过"机器、飞机和铁路"这些词儿,从来没有想过会有人为他们谋幸福。"你是这个国家的主人,你来当家作主。"那些人对小牛爸爸说。小牛爸爸板着脸,盯着自己长满茧子的手。"你来当家作主。"他们对小牛妈妈说。小牛妈妈坐在那里,胆怯地勉强露出笑容。她裹着小脚,脸上过早地布满皱纹。

"你来当家作主。"他们对小牛说,"你将读书认字。"小牛黑亮的眼睛里闪烁出迫不及待的渴望之光。他们谈到首都,小牛将坐着火车去那里,去上大学。他将学习如何在奔腾的河水上建造桥梁,他将学习如何让机器为人服务,他将学习如何让桥梁、机器和铁道造福于全人类。

在没有道路的秦岭向上攀登很难,相信这一切更难,学习更难。当爆破改变大山的时候,小牛固有的贫困生活也发生了变化。当隧道穿过山岩的时候,他的心里也第一次感受到人民的力量。当铮亮的铁轨一米一米地在荒野中延伸的时候,小牛的渴望也在增长:马上挣脱窑洞的束缚,挣脱山谷的局限。他学会了读书和写字,他能够说出和理解陌生的词。

看小老外中国

如果你乘坐火车穿过秦岭,你会看见小牛的窑洞村庄;你会看见工厂、学校和灌溉渠;你会看见儿童们在欢笑玩耍,而小牛就在他们中间。

在少年宫过儿童节

在六一国际儿童节之际，我们应邀来到北京少年宫。这真的是一个宫殿，是从前皇宫的一个侧殿。今天，红墙上飘扬着红旗，大门处挂着带黄穗的红灯笼，它们象征着喜庆欢乐。这种灯笼在任何节日都少不了，新房封顶庆典、五一节、婚礼和儿童节都要挂灯笼。除了红旗、红灯笼之外，在少年宫的花园里，在所有道路和空地旁边，还种满了各种各样的鲜花，在少年自然科学课外小组的培育照料下，数千红色、白色、黄色和蓝色的花朵竞相开放。

今天，来到少年宫的儿童也像这些花朵一样五颜六色，喜气洋洋，人数与花朵的数量肯定也不相上下。我们一起涌进大门：女孩子们梳着黑辫子，穿着节日的彩裙，晒得黝黑的男孩子们穿着白衬衫，系着丝绸红领巾。（图12）

"今天是不是北京的所有少先队员都到这里来

小老
看外
中
国

图 12　少先队员

了？"安德烈估量着。我笑话他:"不可能!好好算一算吧。北京有500万人口,那么少先队员肯定得有几十万。""是呀,但是哪些少先队员在儿童节能到少年宫来呢?"我们很快便会知道。在大会上,许多少先队员都报告了他们为什么被邀请参加这个重要的庆祝活动。

第一个发言的是一个头发乱蓬蓬的少年,他的名字叫小刚。他站在讲台上,在数千名少年儿童面前一点儿也不发怵。他说:"我们住宅区的小孩儿叫我'指挥官'。其实,我不是指挥官,我只是一个小头头儿。我们有时候在邻居的院子里偷水果。我爬得最高,我总是知道哪儿的苹果和梨先熟。我的父母全天上班。我爷爷经常训我,但是我比他跑得快。后来,我们那里建立了服务社,为那些上班的人减轻负担。我爷爷也在那里帮忙,他管送信和采购。他年纪已经很大了,我很心疼他。可是,正好到了秋天,梨子又熟了……

"有一次,爷爷腿疼。他说:'小刚,你去帮我送个信儿。李同志生孩子了,生了一个儿子,必须通知孩子的奶奶。'我立即出发了。孩子的奶奶听了我的讲述高兴极了,我也告诉了她,孙子多重和多高。我还说,他长得像她。她于是送给了我一个梨。这个梨真甜,比偷的梨好吃多了,偷的梨我们总是心里有鬼地匆匆吞下去。后来,我又来到服务社办公室,他们让我去送一个汇款单,我还从来没有完成过这么重大的任务。

"从此,我每天完成作业之后都到那里去。其他孩子找不到我,我也不告诉他们。于是,他们悄悄地跟在我的后面,我不得不向他们述说了一切。他们都想一起干,他们叫我新指挥官。我们在服务社里组成了一个支队,支队决定由我代表他们来少年宫参加庆祝活动。"在"新指挥官"发言完毕的时候,我们都热烈鼓掌。他脸红了,迅速跑下了台。

这时,一个纤小的姑娘站在了讲台上,她叫小莲。她的尖细的声音就像一只小鸟在鸣叫。小莲住在郊区,少先队员们在那里为农民帮忙。小莲说:"农民春天必须在地里干活,我们于是扛饲料喂猪，打扫猪圈。一只母猪下了11个猪崽，我们高兴极了。小猪漆黑漆黑的，哼唧哼唧地叫，非常好玩儿，我们特别喜欢它们。后来，母猪死了。我们怎么把这些小猪养大呢？它们很饿，叫得很可怜。我带来还没有长熟的玉米，把它们熬成粥。你们知道吗，这样的玉米粒有很多汁。我的朋友们也来帮忙，我们必须经常熬粥。小猪们都很健康，现在它们已经长大了。"

我们也为小莲鼓掌。你们想象得到吗，数千个孩子热烈鼓掌是怎样的场面！下一个少先队员是一个瘦高的男孩，因为掌声不息，他几乎没法开始发言。

他带着少先队大队长的袖标，讲述了他们学校的故事。他们学校有的学生学习较差，于是他们采取了"一帮一"的措施。好学生到差学生家里去，一起做作业。这样做不仅提高了成绩，而且也会让父母对功课感兴趣，予以配合。少先队员们并不满足于此，他们想出了更多的办法。有些字较难，小同学们记不住，读报纸或简单的书需要掌握3000个字，他们总是写错字。于是，

大同学们为这些难字编了顺口溜,顺口溜大致是这样的:

有火才能"烧",

有水才能"浇"。

这些顺口溜朗朗上口,很容易记,通过顺口溜,小同学们能够知道这些字应该怎么写。

和在我们家乡一样,这个学校的问题不仅是在学习方面,而且还有一个问题是有些同学老是迟到。

"我们经常写墙报。"少先队大队长讲道。"墙报的名称是'闪电',意思要像闪电一样击中目标。我们在墙报上布置了一个角,上面画了一只马蜂,被马蜂蜇了会很疼,我们的马蜂也蜇人,我们在这个地方批评不守纪律的同学。当然,我们不仅仅蜇人,如果他们改正了,我们还会表扬他们。"

能干的少先队大队长在台上获得了热烈的掌声。在他后面还有其他少先队员介绍了自己和朋友们所做的好事,在各个学校里都有优秀勤奋的少先队员。他们讲述了如何战胜贪婪的田鼠,如何采集从未出版的古老民歌,如何编草鞋,如何种植蔬菜,等等。

我也很想讲讲我们的学校。我们虽然只有45个学生,但是我们也不懒惰,我们几乎每个人都得到了优秀少先队员卫星奖章。我们在体育上甚至成绩非常优秀,我们从柏林获得了铜牌。现在我们正在收集成堆的空瓶和废纸。我们用卖空瓶和废纸的收入做什么?如果我们班收集得最多,那么我们将得到一个巨大的苹果蛋糕,我们一起把它吃光,这是我们的习俗,苹果蛋糕并不贵。我们把大部分钱寄往柏林,我们将给少先队组织中央领导机构写信,让他们用这笔钱买铅笔和写字本,寄给非洲儿童。可能他们也买水彩,因为那里的儿童肯定也像我们一样喜欢画画。

等我站在高高的讲台上的时候,我将讲述这一切。然而,不是每个人都有机会上去发言。现在表演开始了,著名京剧艺术家前来为我们少年儿童助兴。(图 13)两个演员身着鲜艳的戏装,穿着厚底鞋,鞋尖向上翘,脸上戴着吓人的面具,威风凛凛地互相冲向对方。然后,鼓声大作,他们抽出闪亮的剑,开始激烈地对打,两把剑碰击在一起,看上去,似乎其中一个英雄马上便要被刺穿倒地,但这是在演戏。他们的表演如此柔韧灵活,我相信,我要是想像他们那样武打,我的四肢就得是橡皮做的。这种斗剑的场面太激动人心了,令我难以言表。

当斗剑以一个有力的跳跃结束的时候,芭蕾舞学校的学生们登上了舞台。他们学的是几千年前的舞蹈,穿着类似的服装,跳得几乎和大人们一样好。"他们练了多久?"我轻声问安德烈。"不知道。"他叹息道,"真优美。我们要是能这样跳舞就好了……"他肯定想到了我们在学校跳民族舞时是多么笨手笨脚。我们高呼鼓掌,为台上的小演员们喝彩,我们几乎把嗓子都喊哑了,把手也拍疼了。

演出就这样继续下去。孩子们和大人们轮换着上台表演。我

小老
看中外
国

图 13　京剧少年

们观看舞蹈,听孩子们唱歌,他们也穿着陌生的、在北京少见的服装。我们聆听着陌生独特的乐器的演奏,我们听到一个又一个生活在伟大的中国的少数民族的名称。

这里的男孩儿和女孩儿中,许多人来自这些少数民族,有维吾尔族、藏族、苗族和傣族等等。我们旁边搂在一起的两个小姑娘穿着长长的百褶裙。精美的雕花银饰悬垂在她们胸前,她们的头发编成许多细细的小辫子。我好像在哪儿见过这个装束。我捅捅安德烈:"我们在哪儿见过这种服装?"安德烈思索着。过了一会儿,他回答说:"在展览馆,在民族文化宫展览馆。你还记得吗?"是呀,我想起来了,但是:"只有有钱人和地主才穿这种衣服。——别人是这么告诉我们的。"

展示那些漂亮贵重服装的玻璃柜清楚地浮现在我的眼前。我永远不会忘记,旁边站着一个同一民族的奴隶,他穿着褴褛的衣服,赤着脚。他的胸前没有悬挂着豪华银饰,而是一个沉重的锁链,后面拖着一个球。

"解放前,少数民族就是这样生活的。"妈妈当时对我们说。"一个人是另一个人的财产,在不同的民族之间充满了敌意和仇恨。"

我们旁边穿着漂亮服装的小姑娘们冲着轻盈的舞蹈者欢快地笑着。她们的年龄跟安德烈和我差不多,九岁或十岁。"嘿,"我轻声对安德烈说,"她们根本不知道……""她们不知道什么?""那些银饰是有钱人戴的,过去劳动者都带着锁链。""她们当然知道了。"安德烈说,"她们肯定也去展览馆。"

是呀,去看展览吧!当你看到那些锁链的时候,你会感到痛心。这不仅出于怜悯,而且也出于愤怒,出于对那些穿金带银的奴隶主及其卑鄙行径的愤怒。去看展览吧!但是你知道吗?这一切已经成为过去,再也不会重演。

　　这时,其中的一个小姑娘拉住我的手说:"来呀,咱们跳舞吧!"我惊慌地推却:"我不会跳……""我教你。"她把我拉进正在形成的跳舞圈,台上的演出已经结束了。她问:"你是我们的朋友吗?""是。"我说,"我们是朋友。"我们跳起舞来。

在北戴河度假

炽热的中国夏天,我们从未经历过。炎热的空气在大街上蒸腾。透过薄薄的凉鞋底,我们可以感觉到发烫的石头。这个大城市受到尘土的困扰,杨树叶过早地枯黄了。

这里没有一丝凉风,院墙在夜里也散发着炎炎烈日的余热,在这种天气里,我们没有兴趣再蹦呀跳呀。不骗你们,就连学习也变得艰难。假期终于到了,我们乘快车去黄海[1]边,我们高兴极了。我们坐上了去北戴河的火车,黄海是黄的吗?(图14)

整个途中,我们都在琢磨这个问题。一个像柠檬汽水的大海肯定很稀奇,是不是?因此我们一到目的地就马上从住处的遮阳露台顺着小路跑向海滩。院子的绿篱挡住了通向大海的视线,但是我们已经听到大海的咆哮声。穿过一片窄窄的花生地就是黄白色的沙子——大海近在眼前!闪亮的、深蓝色的、浮动着白色泡沫的大海向我们迎面扑来。

---

[1]译者注:原文是黄海,实际上应是渤海。当时生活在中国的德国人没有区分黄海和渤海,对他们来说都是黄海。

看老外
小中国

我们奔向大海,波浪舔着我们赤裸的双脚,松软的沙子在我们的脚下退却。在我们旁边,浪花强劲地拍击着礁石,呼啸着从上面流过,在礁石上留下了奇特的贝壳和滑溜溜的水母。这是北戴河海岸的黄海,位于海港城市天津的北面。温暖的深深的蓝色向远处延伸,与万里无云的蓝天混成一体。

我们后来才知道,有时黄海也名副其实,成为黄色的海:当风暴掀起巨浪,卷起海底泥沙的时候,海水变成黄色,就像中国田地中泥土的颜色一样。

哇,沙滩上的烈日要把我们烤焦了!我们赶快跳进咆哮着的翻滚着白色泡沫的大海!我们发现水也是热的。"不止30度。"爸爸向我们大声说。真带劲儿呀!海浪总是扑过我们湿漉漉的头。"小心!"安德烈叫了起来,可是,一个巨浪已经把我打倒了。我又懵懵懂懂地费力地爬了起来,没关系,我们大笑起来,海浪又轻柔地摇摆而来,虽然我们的水性有限,但是我们可以毫不费力地漂浮在咸涩的海水之上。晚上,我们筋疲力尽地上床睡觉了,

图14　安德烈和米沙在北戴河

小老外看中国

大海哼着永不休止的摇篮曲。

　　一大早，凉爽的海风便唤醒了我们，它轻轻地从开着的窗户吹进来。爸爸妈妈还在睡觉，但是这对我们来说没有丝毫妨碍，我们踮着脚轻轻地走出房间。在露台上我们惊讶地停了下来：知了在树上叫着，听上去就像一个固执的闹钟在不停地响。"你们干吗呀，我们早就起床了！"我傲慢地向它们喊道。

　　陌生的鸟儿在槐树的树梢上荡来荡去，鸣叫着"早上好"。大海的声音最大，我们向下跑去，好奇地寻找大海在夜里为我们冲上沙滩的宝物：海马、水母、五彩贝壳。

　　看呀，太阳从水面上升起来了！我们是在辽阔的亚洲大陆的东海岸。太阳先是染红了天际，然后才越来越大，越升越高。

　　当太阳脱离了海面的时候，我们看到遥远的天际出现了一些渔船的深色风帆。渔船很快向我们驶来，它们没有驶向这里的沙滩，而是驶向小岛。在落潮的时候，小岛只是一个由礁石、海湾和水洼组成的半岛，有时候人们可以在那里捕到没有及时回到大海的小鲨鱼。在涨潮的时候,通往小岛的沙洲就被水淹没了,就像这天早晨一样。如果我们想等待渔夫的到来,看看他们捕到的鱼,那么我们就得蹚水过去。(图15)

渔船吱呀吱呀地停在潮湿的沙子上。生了锈的锚被固定在一块礁石的后面,这样在暴风突然来临时,船就不会被吹走。渔夫们赤着脚,裤腿挽得高高的,大沿儿草帽使他们免受日晒雨淋。"你好!"我们用中文向他们问好,他们也友好地向我们问候。我们走近一些,看到他们捕了很多鱼。舱底放着厚厚一层银色的鱼。竹篓里也装满了粉色、透明、滑溜溜的水母,这是海岸居民们喜欢吃的美味。

"这些水母大得像个盘子。"米沙惊讶地说。"你见过它们在清水里游泳吗?"安德烈问。"当然见过,它们游起来像个降落伞。它们有一个伞和一个筐,中间只有一点儿连在一起。"

现在,几百只水母被装在一起。渔夫们必须抓紧时间把这些竹篓送到村里,因为太阳越升越高,气温也在从热、炎热升高到

图 15　打鱼归来的渔夫们

火热。渔夫们每个人用长长的扁担挑着两个竹篓，排成一个长队走上斜坡，消失在深绿色的松柏之间和茂密的槐树后面。有几个人留下来整理渔网，摘下上面的海藻和贝壳，然后，把渔网铺开晾晒。我们勤快地动手帮忙，最后，我们得到了拳头大的贝壳作为奖赏。

这样的贝壳你在沙滩上是永远找不到的，海浪不会把它们送给你，它们藏在海底，藏在神秘幽暗的大海深处。当你把它放在耳边时，你会听到从里面传出神秘的低吟与窃窃私语……

白沙中的胡椒粒

今天，大海将向我们透露一个秘密。事情是这样的：我们虽然看到了满仓的软塌塌的水母和布满鳞片的鱼，但是，这些并不能解饿，我们的肚子在咕咕地叫，我们只好打道回府。爸爸妈妈已经在等着我们吃早饭了，我们吃完又一起来到沙滩。

沙滩与早晨的完全不一样了。涨起的潮水已经退了下去，沙滩和小岛之间的石头晒干了，被海水冲上来的沙子中掺和着许多黑色的小颗粒，看上去就像有人撒了胡椒一样。这自然使我们感到好奇，在我们波罗的海的沙滩上可没有这种胡椒粒。不过，说实话，如果不是看到好多妇女蹲在那里或坐在沙子上找什么，这可能根本不会引起我的注意。

她们在找什么呢？我们走近一些，看个仔细。她们戴着草帽，帽檐低低地压在额头上，宽大的帽檐挡住了我们的视线，我们看不到她们的手在干什么。我轻手轻脚地在一位妇女的旁边蹲下来。她向我点点头，手却没有停下来。这下我看到了：她手里有个东西，这个东西看上去像一个马蹄形状的磁铁。她用这个东西在沙子里划来划去。在"黑胡椒粒"最多的地方,它们像一串小小的带刺的葡萄一样挂在上面,真神奇!她撸下这串葡萄,放进她身边的一个搪瓷盆里。

看来这个东西不可能是胡椒。谁听说过胡椒可以被磁铁吸起来呢?可是这些涨潮时留下的黑东西不是胡椒又会是什么呢?我现在看清楚了,沙滩上到处是这个东西。

我犹豫地指向那个盆,这位妇女点点头,然后就开始飞快地讲起来。我绝望无助地耸耸肩,我真的听不懂这么多中国话。没办法,我只好去打搅正在享受日光浴的爸爸。我怎么做?很简单:我站在那里,让阴影落在他的身上。他马上眯起眼睛,明白不能再静享日光浴了。"什么事?"他问。

"爸爸,这儿的沙子里是什么黑胡椒呀?"爸爸笑了:"胡椒?胡椒在这里和青椒豌豆一样长在地里,不会出现在沙滩上。""这个我知道。只不过它们像胡椒,所以我来问你。"爸爸故弄玄虚地笑着说:"那么,这不是胡椒又会是什么东西呢?"

"那位妇女用磁铁吸,"我思索着,"也许是金属?""没错儿。"爸爸点点头,"你说的黑胡椒是有用的钨。""哦。"我仍然懵懵懂懂。爸爸向我解释说:"钨是非常重要的金属。你仔细观察过电灯泡吗?你记得里面有一些很细的灯丝吗?这些灯丝就是用钨做的。没有钨丝,晚上天黑的时候,我们就没有明亮耀眼的灯光了。钨在全世界都很稀少,人们很需要它。"

"在这里,钨在沙子里?""是呀,你已经看到了。海水把钨从海底带上来,大海把这些黑色的颗粒冲上沙滩。""必须用磁铁把它们吸出来吗?不能用别的办法吗?这样可是太慢了。""可能没有别的办法。"爸爸说,"这些颗粒太小了,用筛子筛不出来。"说完,他又在温暖的沙子上躺下,闭上了眼睛。我悄悄地走开了。

我又蹲到那些妇女们的旁边。她们的手拿着磁铁麻利地不停地穿梭在沙子里。在她们的盆里已经堆起了一座座灰黑色的小钨山。我端起一个小盆,它还没装满一半,但是已经相当重了。

嘿，旁边有一块磁铁。可能正好没有人用。我来试一试，它是不是也听我的话。吸起来真的很容易。和其他磁铁一样，我的也能从沙子里吸出小颗粒，把黑的从白的里面分离出来。妇女们看到我想帮忙，笑了起来，并看着我会不会干。"不错。"一位老妈妈对我说，"很好。"我只是自负地微笑着。这根本就不是什么劳动，我心想，这不过是个游戏罢了，和我们在家玩的潜水捉鱼的游戏一样好玩儿，那个游戏也是用磁铁捉鱼。这种劳动很轻松。

过了一会儿我就不这么想了。磁铁在我的手里越来越沉。它大概有多重？一斤？两斤？或者更重？我把它换到左手，但是左手较慢，而且不那么灵活。我是不是可以放下磁铁？太阳火辣辣地照到我的裸露的肩膀上。如果我是在玩儿，那么我会根本不在乎太阳。而且现在接近中午了，这是游泳的最好时间。大海在召唤，安德烈和米沙正在水中和其他的孩子们一起嬉戏，我听得见他们的笑声。他们可倒好！

我机械地用磁铁翻弄着沙子。小钨堆在盆里长得真慢!磁铁越来越重。我为什么不跑开呢?我偷偷地向闪闪的沙滩瞥了一眼。妇女们在干活,没人抬头观望。她们变得沉默了,不再互相开玩笑。炎热也让她们和我一样变得口干舌燥。

其实,这跟我毫不相干,我心想。我可以若无其事地走开。我可是在度假。这里真热呀!海水近在咫尺。那位戴着白头巾的老妈妈对我说过我是个好孩子。她的意思是说,我愿意给她帮忙,我把钨撸到她的盆里。但是我不想再帮忙了,我累了。磁铁现在又重了许多。

不管怎么样,我面前的沙子是纯白的了,我往旁边挪了挪,挪到了有小黑颗粒的地方。我不能跑开,因为我感到惭愧。我还以为这种劳动只不是一个游戏,这些妇女们舒舒服服。要是磁铁不这么重就好了。我隔几秒就撸一下也不管用。我的手累了,所以它让我感到这么重。

这时,那些妇女站起身来。"吃饭啦!"那位老妈妈说着伸过手来拿我的磁铁。我把它递过去，松了一口气。"谢谢。"她点着头说，然后和其他妇女一起向村子的方向走去。我的脸突然红了起来，肯定是太热了。

晚上入睡前，我感觉手里仍然沉甸甸地，就好像拿着磁铁一样。那些妇女下午又回来了。在我们玩耍和游泳的时候，她们一直坐在太阳地里干活儿。直到太阳落了山，我们在露台上吃晚饭的时候，才看见她们背着一小袋钨回家了。

我梦想着发明一种带有成百上千块磁铁的机器。这个机器只需要一个人来操纵，他可以像我们的联合收割机的司机那样，坐在遮阳的驾驶室里。这个机器必须开得很快。在每次涨潮之后，它可以带着磁铁吸遍整个沙滩，不漏掉一粒宝贵的钨。

那些妇女们不干这个活儿了，将去干什么呢？我梦想中的答案是：在北戴河建一个又大又敞亮的灯泡厂，就像柏林的一样。但是这个工厂将大得多，在里面，磁铁机轻松地收集到的钨将被加工成纤细的灯丝。妇女们将坐在凉爽的车间里，用她们勤劳的

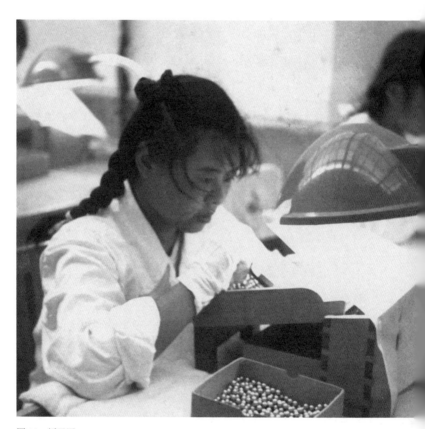

图 16　新工厂

不知疲倦的双手制造出上百万的灯泡,让电灯的灯光照亮整个中国。(参见图 16)我是醒着呢,还是仍在睡觉?不管怎么样,我的梦终究会变成现实。

不可理喻的驴和大字报

我想再向你们讲一个北戴河的故事。我们在假期的几个星期中结识了许多朋友。在那里玩耍和游泳的不仅仅是德国孩子，也有许多中国人，也有来自苏联、罗马尼亚、波兰、捷克和印度尼西亚等国家的孩子们。我们总是分不清谁是从哪个国家来的，但这也不重要。重要的是：谁游泳游得最棒？谁能用"泥沙"建起最漂亮的海港？谁在玩儿的时候最风趣？或者谁是捣蛋鬼，破坏了我们的城堡？

不管怎么说，我们总是好多孩子一起玩，其他人听不懂德国话对我们三个人来讲已是家常便饭。他们对我们不讲波兰语或印度尼西亚语也不感到奇怪。尽管如此，我们也能一起玩得很尽兴。我们用手脚比划着交流，可是有时候还是需要说几句，于是我们就用上了各自多多少少学到的一点儿中文。妈妈在听我们说中文之后，甚至把我们叫作她的"小翻译"。但是，这还不是主要的，主要的是我们在北戴河认识了三玉和他的妹妹。三玉六岁，晒得特别黑，别人会以为他是非洲人，但他是中国人。他还很小，但是很聪明。有时候在他的眉宇之间会出现一条深深的皱纹,那便是他正在思考呢。这时我就知道他马上会想出一个绝妙的好主意。

至于三玉的妹妹,我只能说,她比他更小,和他一样黑,一样有个圆圆的脸。她总是跟在她哥哥的屁股后头,他干什么,她也非干什么不可。如果三玉讲点儿什么,那么我敢肯定,他妹妹马上会鹦鹉学舌地再重复一遍。

我喜欢跟三玉玩儿,他从不吵架,他搭城堡时很有耐心,而且搭的城堡最巧妙,如果一个城堡倒塌了,他就再重新搭一个。此外,三玉已经在这里呆了很长时间,他知道在哪儿能找到最大的贝壳和最漂亮的鹅卵石。

在北戴河除了贝壳、鹅卵石、跳跃的浪花和在沙滩上玩耍之外,当然还有一个更令人兴奋和向往的东西。也许你们曾经到过波罗的海的黑林斯多夫或阿尔贝克,在那里的海滨大道上有北极熊在散步。我们当然知道那不是真的熊,是人装的,但是大部分孩子还是跟在后面跑。在北戴河没有这种人装的北极熊,但是有毛驴，真正的毛驴，它们的背上搭着五颜六色的鞍子。中午和晚上，当大家从沙滩回家的时候，赶驴人便拉着驴出来遛，来回来去地走，让人骑驴。（图17）骑驴要花一毛钱，有时也要两毛钱，这相当于我们的20芬尼，我当然总是想骑驴，安德烈也一样，只有米沙不想骑，他害怕。

有一天，我、三玉和他的妹妹在礁石上爬着玩儿，看到一头驴在附近吃草。赶驴人坐在旁边，抽着一个长长的烟斗。我兜儿里有几毛钱，我掏出来给三玉看："走，咱们骑驴去！"三玉的妹妹马上高兴起来，拉着我的手，她别的时候从来不拉着我的手，她说她只让她哥哥拉。但是三玉却摇摇头说："不去。"我们自然说的是中文。我不解地望着三玉："骑驴不是很好嘛？"我开始从一边摇晃到另一边，就像坐在驴背上向前走一样。三玉忍不住笑了，但是，他还是坚决地说："不去。"她妹妹也松开我的手说："不去。"我几乎生气了。"为什么？"三玉皱起眉头，不容置疑地说："驴脏。""脏。"他妹妹响应着。"脏？"我重复着。

图 17 骑驴

我从来没发现驴脏,相反,我经常看到赶驴人刷洗他们的驴,驴的鬃毛在我看来也总是光滑柔软的。三玉解释说:"它们自己不脏,但是它们把别处弄得很脏。它们在马路上走过之后,马路就是脏的。"哦,原来三玉是为这个生气。但是,怎么办呢?又不能为驴修建厕所呀。三玉胸有成竹地笑着说:"你没看到吗?在北京它们就能保持卫生。""在北京不是这样,你知道吗?"他的妹妹又接上来说。我使劲儿地想,终于想起来了:在北京,车夫把一块布绑在驴或骡子的屁股下面,这样,粪便就不会掉到大街上了。"他们在这里不懂这些。"我为北戴河的赶驴人辩护。

"我反正不想骑驴。"三玉解释说。"我也不想。"又有一个小回声跟了上来。我犹豫地瞥了一眼静静吃草的驴。真奇怪,我骑驴的兴趣也烟消云散了,但是我恰恰因此生三玉的气。"我去游泳。"我说着转身就走。三玉喊着:"等一等,我们也去。"但是我跑得更快了。他们不想和我一起骑驴,我也不想和他们一起游泳。

就这样,我整天都没再遇见三玉。但是,到了晚上,我们往回走时,我看见三玉和他妹妹正站在十字路口。这个说话不算数的家伙,我心想,他还是想骑驴,也不等我们。我打算绕道走,不让三玉看见我,从我这里抢走了驴,他可能很得意(我现在相信他什么坏事都干得出来)。安德烈拉住了我:"三玉根本不想骑驴。他在和那个赶驴的人吵架,你没看见吗?"

三玉在吵架?没错儿!我们的朋友站在两个人面前,浓黑的眉宇间出现了一个愤愤的皱纹,他正用激烈的语调跟他们理论。"他在干什么?"安德烈说。我马上想到了什么,但是为了保险起见,我先不说出来。我装作漠不关心的样子,尽可能慢地靠近了一些,好听听他在说什么。

"在我们那里,每个人都保持卫生。"三玉直截了当地说,"大叔,您自己看看吧,您的驴把到处都弄得很脏。"他愤怒地指着不再干净的路。"你别给我们找麻烦。"赶驴人说,"你看,现在有人来骑驴了。"他指着我们。三玉转过身来,认出了我们,目光中充满了责备。我从旁边的树丛上百无聊赖地扯下几片叶子,开始讲给安德烈听。安德烈也已经明白了是怎么回事,我们不会对朋友趁火打劫。

他坚定地对三玉说:"我们不想骑驴,我们也知道,北京不让不讲卫生的驴上路。"显然,三玉已经详细提出了改良建议,但是,这两个平常很和善的长者却坚决不听劝告。"我们这里不是北京,你这个傻小子。"其中一位提高了声音骂道。"我们这里是中国。"三玉睁大了眼睛喊道,"到处都得干干净净,没得说!""没得说!"他的妹妹也跟上说。"而且我根本不傻。"三玉高声说道,"肮脏使人愚昧,清洁使人聪明,少先队员是这么说的。"

"你根本不是少先队员,要教训我你还太小了点儿。"赶驴人一边喊一边给了驴一巴掌,驴惊恐地扯着他跑了起来,把三玉撂在了后面。但是三玉可不是这么容易甩得掉的,他追在后面,清亮的声音几乎变了调:"您等着瞧吧,大叔,我要贴一张大字报!"三玉的妹妹本来目瞪口呆地站在那里,但听到"大字报"一词,马上来了精神。"对,贴一张大字报!"她激动地喊着,跟在机灵的哥哥后面跑。

安德烈和我对视着。一张大字报!我们当然知道三玉指的是什么。"大字报"就是"用大字写的报纸",我们在工厂大院儿里和农村的墙上见到过。为了处处改进工作,大家在这种"大字报"上提出批评和建议。他们用粗粗的毛笔和黑墨水把批评建议写在包装纸或旧报纸上,这样字迹清楚易读。如果墙的面积不够大,就横着拉一根绳,像在院子里晾衣服一样把大字报挂在上面。

现在,三玉也想写一张大字报。"这个家伙真聪明!"我倾羡地说。"哼。"我们的大哥安德烈又不服气了。"难道不对吗?"我挑衅地说。"对倒是对。"安德烈说,"只是三玉还不会写字。"真是的,我怎么没有想到这一点呢!三玉秋天才开始上学。他打算怎么写大字报呢?我们也帮不了他,他的妹妹就更甭提了。他这样恨恨地说的时候想到这一点了吗?我心里很不安,三玉要是贴出大字报来会丢脸的。他现在肯定也想到了这一点,他肯定很伤心。

然而,当我第二天早晨忧心忡忡地来到沙滩上的时候,三玉已经在那里了,他和往常一样高高兴兴地玩儿着。"三玉,"我问,

"你想怎么写大字报呢？你还不会写字呀。"三玉笑了起来："我不用写字。大字报已经准备好了，你想看一看吗？"他顽皮地笑着，展开了他的浴巾。一大张白纸显露出来。"哇，这是一张大字报！"我惊讶不已。这不是一张"大字报"，而是一张"大画报"。三玉把两条驴画得又大又强壮，它们是弄脏村里道路的罪魁祸首。从用毛笔涂画的有力线条中可以看出三玉是多么气愤。在靠近边缘的地方，他用彩笔画了几名带着红领巾的小少先队员，他们张大了嘴，摊开双手，望着这两个脏家伙。

"太棒了，三玉！"我高兴地跳了起来，"你什么时候贴出来？""今天晚上在商店贴出来。"三玉郑重地说。"好极啦！让他们大吃一惊！""可要保密呀！"三玉嘱咐说，然后小心翼翼地卷好"大画报"。我没说错吧，三玉是个特别聪明的男孩儿！（参见图18）我们高兴极了，在玩耍时，我们时不时地心照不宣地眨巴眨巴眼睛。

至于这张大字报是否见效，我不得而知，因为这是我们假

图18 自信的小家伙

期的最后一天，第二天早晨，我们就乘车回北京了。然而，如果有人问我，那么我肯定会说：当然见效了，这可是我的朋友三玉创作的。

长城

当爸爸说，我们将去中国的时候，我的第一个念头是："我想看看长城。"（图19）为了告诉我的朋友们长城是一个多么壮观雄伟的古代建筑，我在辞典中查了一下，辞典里是这样说的："中国长城始建于2500年前，修筑长城是为了抵御游牧民族的入侵。长城横跨2000多公里，从黄海海岸延伸到中国西北部人迹罕至的山脉。"

一道不可逾越的2000多公里长的墙？是的。并且是一座用来守卫的堡垒？令人难以想象。现在，我虽然见过了北京的城墙，但还是想象不出2000多公里长的长城会是什么样子。妈妈说："长城比城墙高得多，你看到会觉得它长得没有尽头。"

"我们什么时候去长城？"妈妈说："明天。""什么？"我们三个人转过身来。妈妈笑了，搂着两个"大孩子"安德烈和我的肩膀说："赶快上床睡觉，明天早晨好精力充沛。八点开车。""车真的开到……？"米沙不敢相信。"车真的开到长城。"（图20）

我们坐在车上，车开呀开呀，仍不见长城的踪影。我们把村

图 19　托马斯站在长城上

图 20　安德烈和米沙站在长城上

庄、一人高的玉米地和波浪起伏的花生田甩在了后面。我们飞快地越过架设在干涸河道上新建的无护栏的混凝土桥,河床里只有许多石头,坑坑洼洼的河岸上留下了雨季强大水流冲刷的痕迹。突然,平原上山峦耸立,山上光秃秃的,没有森林。"这里从来就没有森林吗?"安德烈问。妈妈说:"在修长城的时候,把树都砍掉了。没有树根来固定土壤,下雨时,雨水冲走了土壤,刮风时,大风刮走了土壤,后来就什么都不长了……"

灰色的岩石耸立在天空下,狭窄的道路紧挨着大山,旁边是陡峭的深深的山谷。我们向对面的山坡望去,那是什么?是长城吗?"不是。"我们的中国导游向我们解释说,"那是一个用粘土建造的古代要塞。它建于长城之前,现在已经坍塌了。"我们右边的要塞是一个均匀的四方块,四周的墙已经倒塌散落了。它们已存在了3000年之久,或者更长时间?

这时,车已拐进一个山谷,停在一个布满石头的干涸的河床中间。在柳树和茂密的荆棘丛之间有一条蜿蜒向上的路。顺着这

图 21　残留的长城

条路向上望去，我们看到了——长城！在高出我们头顶数百米的地方，长城在山脉之间伸展，顺着山岩向下，守护着山谷沟壑，然后又爬上另一座山。有时，它从我们的眼中消失，沉落在大山的背后，然后又重新出现，向远处不断延伸，没有尽头。（图21）

在2500年前修筑长城的时候，人们还不会通过爆破把石头炸碎，还不懂得设计大吊车。是谁修筑了长城？在辞典中写着：秦朝皇帝。中国的民间传说讲的却是另一个故事。

孟姜女哭长城

从前，北方游牧民族威胁到中原皇帝的都城，他们控制了中国北部地区，皇帝的进项减少了，于是皇帝命令修筑长城。皇帝想以此保卫国土，维护自己的统治。官吏抓了成千上万的壮丁，他们从全国各地来到北方草原、沙漠和荒山，在那里修筑大约20米高、8米宽的长城。

在平原和南方温暖河谷中的乡村里只剩下妇女、儿童和老人。孟姜女也是他们当中的一个。她年轻美丽，长长的黑辫子几乎垂到了地面，从她那漂亮的杏核眼中透露出温柔善良的目光。孟姜女非常思念她的丈夫。她等了好几个月，他还是没有回来。她从经过这里的商贩和僧人那里听说，北方的冬天天寒地冻，从西边荒漠戈壁滩刮来的大风寒冷刺骨。孟姜女悲哀地想：谁会帮助我的丈夫御寒呢？

在漫长的等待中，她为他缝制了棉衣。一天，她说："我要去找我的丈夫，给他送去棉衣。"她打好包裹，告别了村子里的人。大家都祝她一路平安，找到她的丈夫。但是，没人能够鼓起勇气陪伴她，因为到那里的路遥远陌生，充满危险。

孟姜女没有气馁，她走了许多天许多夜，她经过了许多村庄、城镇。如果有人问，她就告诉她自己要去哪儿，却在任何地方都不停留。孟姜女只去敲穷人家的门，他们总是让她住宿，与她分享粗茶淡饭。

骄阳似火，风吹裂了她的嘴唇，暴风雨吹乱了她的头发。没人知道她走了多少路，度过了多少白天和黑夜。她终于来到威严耸立的大山脚下，这里就是修筑长城的地方。她找到修长城的民夫，那里有成百上千的民夫，他们的样子把她吓了一跳。他们不再是她在家乡认识的那些快乐强壮的男人，而是一下子苍老了许多，饥渴与非人的劳动使他们瘦弱不堪。在监工的咒骂和鞭笞下，他们敲打着石头，用石头砌墙。

孟姜女看到他们筋疲力尽地倒在地上。没有微笑，没有眼泪，他们默默地、绝望地干着活儿，没有人注意到她。孟姜女很害怕，她从一群人那里跑到另一群人那里，急切地想从这些冷漠的面孔中找到自己丈夫的熟悉的表情。她找啊找啊。

天色暗了下来，民夫们躺在地上休息，孟姜女走近其中的一人，问他，央求他。她就这样从一个人那里走到另一个人那里。然而，他们都只是摇摇头，就好像连说话的力气都没有了。直到她的脚几乎挪不动了，天已经渐渐变白，才有一个被问到的人抬起了头。"你的丈夫？"他说，"我认识。不要再找他了。"看到她惊恐地睁大了眼睛，他又轻声沙哑地说："你丈夫已经死了，孟姜女。"

孟姜女大叫一声昏了过去。民夫们走过来，支撑着她，把他们得到的少得可怜的珍贵的水给她喝。孟姜女求着他们："我想知道他是怎么死的。他的坟在哪里？"大家又沉默了许久，最后还是第一个回答她的人开始讲述。她的丈夫被沉重的劳动、饥饿和对她的苦苦思念折磨得精疲力竭，在几个星期前死去。监工不给时间埋葬死去的人，他下令把她的丈夫扔到墙里筑长城了。这个民夫指给她墙里埋着尸首的地方。

孟姜女听完了他的叙述,没有任何怨言。她把头深深地倾向大地,泪流如注。

太阳从山后升起,把山峰染得一片通红。孟姜女哭啊哭啊。

监工的鼓声催赶着大家去干活儿。民夫们拖着沉重的脚步走开了。孟姜女哭啊哭啊。

太阳升得更高了,白天变得炎热。空中响着锤声和受苦人的呻吟声。监工的皮鞭嗖嗖地响。孟姜女哭啊哭啊。

眼泪汇集在她的脚下,像泉水一样顺着长城往下流,汇成奔腾的河流,冲走了土层,让长城出现了裂缝。孟姜女哭啊哭啊。

没人敢碰她一下,监工惊慌地跑来,让这个女人不要再哭。

但是,孟姜女不听他的,眼泪顺着她的面颊往下流,泪珠一落地便成倍地增加。民夫们早就停下了活儿,愣愣地看着她。这时响起了钟声和鼓声,慌乱的监工还没来得及下命令,一个打着旗子、抬着几个镀金轿子的富丽堂皇的队伍就已经来到面前,"天子"——皇帝从第一个轿子里探出身子,他的脸因恼怒变得通红,他生气地问这是怎么回事儿,大白天为什么不干活儿。

民夫和监工们跪在恼怒的皇帝面前。孟姜女继续哭着,长城脚下奔腾着她的泪流,石头从松垮的城墙滚落下来。

终于有个人壮起胆量,结结巴巴地告诉皇帝发生了什么事情。皇帝下了轿子,走向孟姜女。他抬起她的头,望着她泪流满面的脸,发现她年轻貌美。皇帝喜欢这个爱得如此痴情的女子,他劝她止住悲痛,跟他走,做他的妃子。

孟姜女的眼泪干了,她的美丽的眼睛深不可测,她说:"为了祭奠我的亡夫,请为他准备一个像样的坟墓,我请求天子将他挖出来,体面安葬,然后我将从命于天子。"

这番大胆之言令人感到震惊。然而,皇帝被这个年轻女子的深潭一般的眼睛迷住了,于是,他下令顺从她的意愿,马上把墙掘开。墙被掘开了,一个体面坟墓准备好了,皇帝亲自在死者的棺材前鞠躬。孟姜女登上了他的轿子,随他进宫。

皇帝本以为达到了目的,却不知当这一行人越过一条河时,孟姜女从轿子里奋身投入河中——她以死表达了自己对丈夫的忠贞之爱。

***

这个故事和其他修筑长城的故事一样令人感到悲伤。在走了很长一段陡峭上升的路之后,我们终于到了长城。我们用凉爽的泉水洗了把脸,喝了杯高山上的村民为我们送来的热茶。这一天天高气爽,大鸟在深蓝色的天空盘旋。

我本以为在如愿以偿的时候我会高兴地跳起来,却不知愿望实现了也会使人触目伤怀。我站在古老的、渐渐倒塌的长城上,望着倔强耸立的山脉。这里一片寂静,我也默不作声。有个人在说:"如果石头会说话……"这时,我听到石头在说话,那个故事突然变得生动无比,从每块石头中向我们走来。也许我脚下这块石头或者那边那块石头就是填埋孟姜女丈夫的地方?在这道灰色的无尽的高墙中,每一块石头都在向我讲述着一个故事,一个为统治者进行战争修筑长城的人们的血泪史。

"从前这里是边境吗？"安德烈小声地问。"是。"妈妈说，"但这是很久以前的事了。"她指着下面的山坡，"你们看到那一块块棕色的地方了吗？那是农民挖的树坑。农民们从远处为这些树坑运来肥沃的土壤。你们看到里面的树苗了吗？上面长着小绿叶。"

"它们很小。"我说。"它们很小，需要保护。"妈妈回答说，"人们必须为它们浇水除草。你不相信它们会长大吗？""我不知道。你自己说过，雨水把泥土都冲走了，刮来的风……"

妈妈打断了我："2000多年前人类修筑了长城，它现在还矗立在那里。人类今天难道不如从前了？""不是的，但是……""他们现在更强大了，因为国家是属于他们的！""还有机器和技术。"安德烈补充说。"对，你们可以相信：等你们长大了，绿色的森林也会长得高出长城。"妈妈满怀爱意地望着那些小绿叶。

我们又陷入沉默,石头现在也陷入沉默。这时,我仿佛听到绿色森林的常青树在沙沙作响。

屋顶上的瓜和绿色的棚子

我们回到了北京,新学年开始了,我们又得重新适应大城市的生活。每当学校班车咕隆咕隆地开过狭窄的胡同时,我总是感到憋闷得慌,我非常留恋宽广无际的蓝色大海。(图22)同时我不得不承认,这个城市发生了变化,就好像它也去休养了一番。夏季的雨水不仅冲刷掉了房顶和墙头的尘土,而且还让花草从各个角落生长出来。花草使我们的胡同也变得漂亮了。

这激起我们的好奇心,是谁种植和养护了这些花草?特别是一个从前完全不起眼的房子引起我们的注意。在房顶上,粗粗的黄色的瓜已经长熟了,从远处望去,就能想象得出这些瓜多么清脆香甜。它们好像很喜欢耀眼的阳光,一天比一天成熟,金黄色越来越深。绿色的藤蔓围绕滋养着它们。有一天,当我们又坐车路过这所房子时,安德烈说:"那里一定住着很聪明的人。""他们肯定没有院子,所以在房顶上种瓜。""而且瓜在房顶上有充足的

图 22 北京胡同一瞥

阳光。"我补充道。"我们今天中午过去看一看?"安德烈问。说做就做。

我们穿过这条胡同。尽管所有房子看上去都一样,但是我们瞅准了房顶上金黄色的瓜,来到院子门口。我们好奇地从开着的院门向里望去。这个院子与北京胡同里的其他院子一样,面积不大,三面是低矮的房子。这些房子一进门就是房间,现在是夏天,所以房门都敞开着,门前挂着编织的帘子,防止讨厌的苍蝇和蚊子飞进去。一棵老槐树给院子带来一小块树荫。在哪儿种东西呢?在墙门的旁边。在用竹竿搭的架子上,藤蔓形成了一个绿色的棚子,这不是我们在家里熟悉的铁线莲或野葡萄棚子。安德烈捅捅我:"看呀,这是一个黄瓜棚!"棚子上真的挂着长长的绿色的黄瓜,中间还夹杂着几朵黄花。而那些惹人喜爱的金黄色的瓜又是在哪儿种的呢?它种在一个大花盆里,从那里攀援到屋顶上。一个男孩和一个女孩正端着一大盆水走过来浇水。

我们来不及抽身走掉了,因为他们早已发现了我们。他们高兴地与我们打招呼,我们也跟他们打招呼,然后有点儿尴尬地准备离开。这时,那个男孩小心地把盆放在地上,他问我们:"你们是苏联人吗?""不是。"安德烈说,"德国人。"他们两个人又走近了一些,显然还不满足于这个回答。我此时也感到有些忐忑不安,其实我们不应该到别人的院子里来。但是,他们两人对此并不在意。

"你们是从哪个德国来的?"那个女孩问。"从民主德国。"我马上回答,中国人把我们的德国称为"民主德国"。她点点头,"好。"她大声说。那个男孩继续问:"你们是少先队员吗?""当然是了。"我们两人异口同声地说,我抚摸着我的蓝领巾,好让他们看见。

"我们也是少先队员。""当然了。"安德烈指着他们的红领巾。

"你们是来找我们玩儿吗?""是……不是。"我们开始有点儿吞吞吐吐,但是我还是鼓起勇气,告诉他们我们天天坐着学校班车从这里路过,房顶上的瓜引起了我们的注意。"我们想看看种瓜的菜园。"

女孩儿沮丧地垂下了胳膊:"我们的菜园很小。""但是很漂亮。"安德烈肯定地说,"你们很能干,这么好的……"他停顿下来,他不知道"棚子"用中文怎么说,我也不知道。我们指着黄瓜棚,我们的新朋友马上就明白了。"我们自己搭的,我们自己用很小的种子种黄瓜。你们知道黄瓜籽有多小吗?"我们当然知道,我们学校有个菜园。"知道就好。"他们两个人点着头,"所有少先队员都种花种蔬菜。这样可以美化环境,减少空气中的灰尘。"

我们走进黄瓜棚,里面有一条长凳,我们四个人挤着坐在上面。在绿色的棚子里比在外面凉快一些,我们一起看彩色画

看中国
小老外
报,直到我们突然想起还得做家庭作业呢。我们马上和他们告别,两位朋友站在棚子下面,一直向我们挥手。我们经过很多院子时,都向里望一望,我们都能看到孩子们在给花浇水和小心地松土。"北京经过绿化会变得更漂亮。"安德烈说。我也这么想。

安德烈的叙述：摘棉花

在家乡焚烧马铃薯秧，烧焦的味道飘散在秋天的田野里时，中国北方田里的庄稼也成熟了。我们因此来到北京东边的"中德友谊"村。（参见图23）

十月初的天气仍比较暖和，但是早晨太阳总是从雾中艰难地升起。凉风掠过城市，街旁落满灰尘的灰绿色杨树叶簌簌作响。塔楼上的大钟指向八点。我们的大轿车已经等在那里了，少先队员们做好了出发的准备。我们响亮的歌声在空中回荡，吸引了大街上的人们的目光。车开动了，它载着我们穿过新建的宽敞的道路向东驶去。路途本身不太远，我们也不觉得远，因为路上的景色令人目不暇接：路旁的花卉，新建的工厂，高高耸立的老吊车，老吊车和我们一样来自德意志民主共和国，我们还路过了农展馆的白色建筑，建筑的四周镶嵌着水晶般的灯。

然后我们出了城，离开了大马路。夯实的粘土路很窄，车轮在上面颠簸，我们在座位上摇来晃去。

图23　1959年民主德国大使馆的工作人员到京郊农村去劳动（右二为霍斯特·布里，中间身着花裙者为索尼娅·布里）

平原一望无际。玉米已经收获完了,一排排的大白菜还长在地里,这是中国的冬储菜。偶尔可以看到一个孤零零的农舍和一棵被风吹得乱蓬蓬的柏树,柏树将龟裂的枝丫伸向天空。(参见图 24)

我们驶过一座架设在涓涓细流之上的桥梁,转过一个弯,前面出现了一个土黄色的村庄,村庄里有许多屋檐上翘的房屋。道路更窄了,它们被扫得干干净净。房子的土墙上装饰着五颜六色的图画。农民在上面描绘了他们自己的形象,他们骑着长翅膀的马向前飞奔,这个跳跃的会飞的马是中国的七里靴[1]。

他们让它带走什么宝物呢?墙上也画出了这些宝物:像面袋一样大的玉米棒子和像牛一样大的猪;水稻长得特别高,要想查看稻子是不是熟了,得派一架直升飞机来。

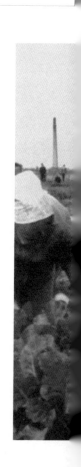

---

[1] 在西方童话中,穿上七里靴可以翻山越岭,健步如飞,一步跨出七里之遥。

图 24　索尼娅·布里在田间

嘀嘀，嘀嘀，我们的汽车鸣叫着。街道上早就挤满了人，许多孩子们在向我们招手，乡村儿童们圆圆的脸晒得黑黑的，睁着深色的快乐的眼睛迎接着我们。我们已经是好朋友了，他们知道我们不是懒惰的客人，而是勤奋的好帮手。

但是不要着急，在中国，客人到处都会受到热情款待。尽管我们并不累，旅程还不到半个小时，但是中国人热情好客，还是让我们先好好休息一下。我们坐在凉爽的会议室的长桌前，喝着金黄色的飘着绿色茶叶的热茶，它是解渴洗尘的最好饮料。生产队长给我们分配了任务，我们到这里来不是为了收土豆，而是为了摘棉花。

有些人也许只是从自己的母亲那里听说，他们的花围裙、衬衫或床单是用棉花纺成的。我们现在却知道，这些棉花是在地里长出来的，是勤劳的农民栽种的。棉花是低矮灌木，不比马铃薯秧高，一长排一长排地栽种。秋天棉花秧变得枯黄，就像干枯的杂草一样。在棉花秧上长着棉桃，棉桃荚很像山毛榉的果实。每个棉桃荚里都有一团毛茸茸的东西,轻得像梅克伦堡草地里长的羊胡子草一样。这就是棉花,但是,棉花还远不是围裙和床单。首先,棉花必须被采摘下来,然后要经过清洗、纺线、编织、染色和缝制等工序。我们的花衬衫经过了许多双手的劳动,现在进行的是第一道工序,我们把成熟的棉桃收到大筐子里。我们不能采摘所有棉桃,绝不能采摘那些白色的棉花还被棕色荚壳包裹着的棉桃,它们没有成熟,还得等一等。成熟了的果实会从壳里爆裂出来,我们把张开的壳掰掉。

每个人面前都有长长的一排。在我旁边干活儿的是木珍。她的个儿不比我高,梳着长长的沉甸甸的黑辫子。现在天气很热了,木珍把花布连衣裙的袖子挽了起来,然后,她那棕色的小手就麻利地干了起来。木珍干得又快又好,她从不漏掉一个棉桃,而且总是领先我几步。我埋着头使劲儿地干,争取像她一样快。然而,木珍的黑辫子和一角红领巾总是在我的前面晃动着。

她转过身来,看到我在绷着劲儿地干,欢快地冲着我笑。然后，她迅速转向我的一排，摘光了几棵，直到我赶了上来。我觉得她真好，但是我也有点儿不好意思，我只是说："谢谢！"然后我们继续干，现在是并排干，我能够跟上木珍的步子了。

突然她直起身子，指着棉花地向我示意，我们已经到中间了，我们属于最能干的和最快的。我们马上接着干，后背有点僵了，但是手却更麻利了，跟上木珍不再那么难。

当我们干到地头儿的时候，大家喊我们休息。我们回过头，清楚地看到了自己的劳动成果：宽宽的一片棉花地已经采摘完毕，呈现出棕色，旁边还带着棉桃的另一半在向我们招手。人们又用茶水和大水蜜桃款待我们，我们吃着从家里带来的面包。我把一块面包递给木珍，她摇摇头，中国孩子不吃黑面包，木珍宁可等着中午开饭时吃米饭。

然后我们又劲头十足地去干活，直到老师向我们喊，现在是中午了，我们该回北京了，我才感觉到手脚都累了。德国少先队员和中国少先队员互相握手，我们为他们唱了一首歌，他们也为我们唱了一首歌。

我们上了车,汽车启动了,木珍的黑辫子和挥动的手很久没有从我的眼中消失。

铁之谜

星期六放学后,妈妈下班时,我们去接她,妈妈对我们说:"今天我们去看展览。""什么展览?"安德烈想知道。妈妈解释说:"农业用具展,展出的是中国农民改良的和新发明的农业用具。你们知道吗,中国的工厂还不够多,还不能为所有村庄生产现代化的拖拉机、耕犁和联合收割机,因此农民必须自己想办法,才能更快发展。"

"为什么要办这样的展览呢?"我问。"好让其他村庄的农民看了展览以后,学着做,让他们开动脑筋,对自己的农具进行改进。"原来是这么回事,我愿意去看展览,我很想知道那里展出了什么。

展览设在郊区。在小柳树之间露天展出了好几百个农业用具:犁、耙、锄头等等。参观的人很多,他们从一个农具走到另一个农具,仔细观看和思考着,有时他们围着一个别出心裁的农具热烈地讨论着。有些人还蹲在被太阳晒热的地上,手里拿着纸和铅笔,认真地画下眼前的农具。他们肯定也想制造这样的农具。

我主要喜欢那些灌溉工具,一条宽宽的水渠穿过整个展览场地,在那里,人们可以看到怎样使用这些灌溉工具。灌溉对中国农民来说是个非常重要的问题。在中国的整个北部和西部,只在夏季的三个月下雨,从九月到下一年五月几乎不落一个雨点儿。当妈妈向我们讲述这些的时候,我心想:这么多太阳,那里的生活肯定很美好!但是,在冬天,那里也很少下雪,即使下了一点儿雪,也被大风吹走了,结果嘴里都是尘土的味道。这时,米沙说:"我想到水洼里玩儿。"安德烈梦想着一片青草地,雨滴还在青草上闪烁……

但是,最糟糕的是,肥沃的中国土地结成像石头一样硬的干燥的土块儿。嫩弱的小麦苗或玉米苗还怎么能穿透土层长出来呢?如果人们不去帮助这些小苗,它们便会枯死。

因此,在中国,人们必须对农田进行灌溉。他们在每块耕地上都挖出一道窄窄的沟渠。我们常常看到农民们站成长长的一排,从村里的水井舀起一盆盆水,传递下去。这要花费很多时间,如果这些劳动可以用机器代替，那么农民们就可以把这些时间用在其他地方了。"最好是电动发动机。"安德烈建议说。但是，爸爸提出异议："在中国，还不是到处都有发电站。""那么就用风力发动机。"我说。因为我们已经见过风力发动机。"但是有时候没有一丝风。"妈妈说。

那到底应该怎么办呢？在展览中，我们看到有许多办法可以把水抽到沟渠里去。一头毛驴拉着水车，水车就像一个绞盘一样转呀转。两个女孩儿赤脚踏着踏板，让水车的轮子转动起来，她们可千万不能嫌烦而停下来，那样稻谷就要干枯了。

那边有个人骑在一个自行车上，一踏脚蹬子水车的轮子就转动起来。"瞧那个链子呀，妈妈，它怎么是用木头做的？"我喊了起来。整个灌溉装置都是用木头做的，车座、脚蹬子、轮子和链子。为什么用木头做的链条，像铁链条一样装在上面呢？"铁的不是更结实吗？"我问。"铁的更结实，但是也更贵。"妈妈说。

我们惊讶得目瞪口呆。金子是贵重的，银子和我们维斯穆特公司的矿工们在山里开采的铀是贵重的[1]，铁也是贵重的吗？"可是，就连钉子都是用木头做的。"安德烈终于失望地说。"在中国，对有些村子来说，钉子都很金贵。农民们使用木头犁。"爸爸说。"犁也是用木头做的？这么硬的土？"我用脚跺着地，根本留不下脚印。"几百年前，世界上到处都是这样犁地。你说的当然没错，木的犁铧不能在土中耕得很深，会影响收获。"爸爸说。

我不相信。"这儿的山里没有铁吗？""有很多铁。"这真是个谜。谁能解开这个迷呢？"中国人民将解开这个迷。"爸爸还告诉我们，早在2000年前，中国人便学会了冶铁，但是，只有很少的人掌握了这种技术。到了18和19世纪中国仍然没有得到发展，而此时欧洲国家已经用铁制造出了惊人的东西。中国皇帝让国家落后了，而在欧洲，人们却在利用从铁中炼出的钢建造舰船，修建铁路，制造大型机器和大炮。欧洲统治者们利用这些舰

---

[1] 民主德国的维斯穆特（Wismut）公司在埃尔茨山区和图林根开采出的铀用于苏联的原子工业。

船漂洋过海，用大炮让中国皇帝屈服，并且很快也利用钢铁、大炮和武器控制了中国。

他们想几百年几千年这样控制中国。他们说："我们白人比你们中国人聪明得多，我们能制造大炮和大型机器，你们不能，你们太笨。"

"但是中国人可以学啊？""他们当然可以学，但是白人为他们的机器和武器保密。中国农民不知道他们山里的石头是铁矿，外国不派专家来帮助他们找到铁矿。皇帝软弱无能。数百万中国人纵然有灵巧的双手，却不知道怎么用矿石炼铁。这些外国人说：'你们反正学不会。只有我们会。'"

安德烈很激动："他们自己相信这些话吗？""不相信。"妈妈说，"他们知道这是谎言。但是，那些外国人也知道，技术会给人带来勇气和力量，而他们正是想剥夺中国人民的勇气和力量，他们想让中国成为一个无知的民族。没有知识的人更容易上当和遭受剥削。"

水车的木头链子不知疲倦地转呀转呀。雕刻出这个链子的手该是多么灵巧的呀,它的每个环节都是那么光滑均匀。这样的手也可以驾驭金属,让金属变热、融化、变得柔韧、听从人的命令,让金属形成一定的形状。

这个灌溉装置设计得多么聪明,多么容易使用!建造它的人也能够设计出钢铁机器,也能够制造出飞机和大吊车,他能够学会。

一个星期后,爸爸问:"你们还在思考那个铁的问题吗?"还用问吗!这可不那么容易让人忘却。"那么好吧。"爸爸说,"明天是星期日,你们就可以知道谜底了。"别的我们就从他那里问不出来了,他只是笑着说:"你们只需睁大眼睛,竖起耳朵,好好看好好听,牢记不忘。"

我盼着星期日的到来,百无聊赖,不知道玩什么好。安德烈和米沙也是一样。时间过得好慢。

星期日我们早早地吃了早饭。然后妈妈让我们出去看看车有没有来。车很准时，徐阿姨也跟着车来了，她会说德语，她在北京大学学了德语。我们可以出发了，我们出了北城门，驶过田地和村庄。我们到达了山脚下的目的地，来到村委会办公室。在大人们互相问候交谈时，我们四下张望。

桌子上放着刚洗干净的茶杯、茶壶和暖瓶，在这里同样是要先喝茶，然后才能开始解开这个迷。"没完没了。"我嘟囔着。安德烈却有所发现，桌子上放着各种各样的石头，有的亮闪闪，有的没有光泽。石头怎么放在桌子上？

似乎不仅仅我们对这些石头感兴趣，正在和徐阿姨说话的两个老农民也走到桌子旁。他们小心翼翼地拿起一块石头，查看石头的纹路，把石头放在手中掂量着。最后，他们把石头分成了两堆儿。这里又有什么秘密呢？难道这是一个新的灰姑娘的故事吗：好的放进锅里，坏的吃进肚子里？但是为什么有好坏之分呢？

"这些石头是哪儿来的？"我大声问，突然出现了一阵沉默，大人们正准备喝茶呢。哥哥捅了捅我,但是已经晚了,大家都向我转过身来。徐阿姨向村委会主任翻译了我的问话。他没笑,也没觉得我的声音太大。他非常慈祥地把手放在我的肩上说:"地质学家和专家们给我们村和其他许多村寄来了这些石头,让我们告诉他们在我们的山里可以找到哪些石头。你看,在每块石头上都贴了一个小条儿。"他说着把一块石头拿在手里,"这一块是铁矿石,那一块含铜,另一块含锡。含铜和含锡的石头我们这里没有,但是有丰富的铁矿。"

"真的。"旁边的一位插话说,"有好多这种铁矿石。我们以前只是不认识而已。"

村委会主任继续说:"我们的老农熟悉山上的所有石头。过去没人告诉我们它们有什么用。地质学家们给我们寄来了石头样品,我们才知道。我们也可以给政府帮忙,政府想知道在哪儿可以采矿。专家们说,我们的铁矿石很好,含铁量几乎达到百分之七十,它们可以用来生产优质钢。我们先喝茶,然后你们可以看到我们已经开始利用山中的财富。"

一阵凉爽的风从山里吹来，山上光秃秃的，没有森林，仅仅长着稀疏的杂草。太阳挂在蔚蓝色的天空上，火辣辣地照在田野棕色的土地上。干枯的棉花秧在风吹过时沙沙作响。在田地之间，一条窄窄的小路通到山脚下，然后陡直向上，小路的两旁长着低矮的酸枣丛，残留的风铃草开着淡蓝色的花。

"我们到底去哪儿啊？"我心想。

"怎么样，你喜欢这条带我们走出迷宫的路吗？"这时爸爸问。"为什么……""小心！"爸爸一边喊一边把我从路上拉到灌木丛里。在路的拐弯处发出咕咕隆隆的响声。"喁儿！"赶驴人吆喝着，一队带着藤编车斗的两轮车伴着欢快的吆喝声和鞭声在往山下走。他们在运什么？在运田里的收成吗？石头山里还有农田吗？"看呀！"安德烈惊讶地说，车斗里满载着黑亮黑亮的石煤。这些石煤是从哪儿来的？

"它们是从十公里以外的露天煤矿开采出来的。在我们中国的许多地方,石煤几乎就在地表上。"村委会主任说,"他们正把石煤运到工厂,来炼铁。"

"但是农民说,这里也有铁?""这里也有铁,但是埋在山里更深的地方。我们走不了那么远,但是从山顶上至少可以看到铁是从哪儿来的。"

我们让驴车走过之后,快速向上爬。我们越过了一个又一个岩峰,但我还是没有看到矿井。刺眼的太阳火辣辣地照,我不由得眯起了眼睛。这时候,我发现在一条紧挨着山岩的窄路上,有几个毛茸茸的土黄色的大家伙摇摇摆摆地晃荡过来。它们慢慢地向我们走近,原来是骆驼。它们在干旱的地方非常有耐力,可以为人驮东西。在驼峰的两边是沉重的装满铁矿石的筐子。(图25)

"山里的路很窄,"徐阿姨解释说,"发现铁矿之后,还没来得及修建公路。这里的卡车也很少。"

骆驼旁若无人地从我们身边走过……

小老
看外
中
国

图 25　骆驼运矿石

春节

秋天过去了,天冷了下来。树木光秃秃的,柏树也越来越黯然失色。老鸦在树上呱呱地叫。冷风在城市的上空呼啸着,土地冻得硬邦邦的。但是太阳几乎总是挂在蓝蓝的天空上,吸引着我们到外面去玩耍。我们打开门,嚯,沙子迎面扑来。"戈壁滩驾到。"那些在这里呆了较长时间,了解北京冬天的人这样说。

戈壁滩!我们差点儿忘了,我们来北京时乘坐的飞机曾经从黄色的沙漠上飞过,现在它又出现在我们的记忆中。整个冬天从中亚吹来的大风都经过沙漠,把严寒和沙尘带到北京。

它让人毫无办法,在经过仔细密封的窗户外面堆积了几毫米厚的尘土。窗帘在抖动,冷风从每个缝隙中钻进来。在外面时,冷风吹到脸上就像刀割一样,千万不能张嘴,一张嘴就会马上感到沙子在牙齿间咯吱作响。有时天空是黄的。在这个纬度四十度的地方,即使在严冬,阳光也很强。在天气好的时候,我们甚至连围巾和手套都不想戴,然而当沙尘暴到来时,太阳也无能为力。

在天气好的日子里,我们一做完作业就去滑冰。冰鞋在阳光下闪亮,我们互相追逐嬉戏,直到累了为止。因此,虽然田野和森林没有像我们在家那样覆盖着白雪,但是我们也不怎么感到失落。

可是,当冷风从戈壁嗖嗖吹来的时候怎么办呢?我沮丧地回到家:我不能去滑冰,冰面上布满了尘土和沙子,一点儿都不滑,扫去也不管用,因为风沙会继续肆虐。

"跟我一起去课外小组吧。"安德烈建议说。我们学校建立了一个"中国课外小组"。在下午课外小组活动时,老师向我们介绍中国的广阔平原、中国的大江大河、中国的山脉和荒漠,他们提到了热带海南岛的甘蔗种植和鞍山钢铁厂,他们讲述了中国人民漫长艰难的历史。课外小组帮助我们了解中国,但是它仅仅针对年龄大一些的学生。我问:"你是说,我也可以去课外小组?""当然了。"安德烈说,"现在徐阿姨教我们中文,和我们一起唱中文歌。我们人多她肯定高兴,人多声音大。"(参见图26)

于是,我就跟着去了。真的很有意思,结束之后,我问:"我

图 26　与徐阿姨一起在北京的住所前

看中国
小老外

下次也来,行吗?""下星期课外小组没有活动。"徐阿姨说,"我们过节,下星期我们过春节。"

我们马上跑到教室里挂着的日历前:现在还是二月初,外面刮着大风,今天早晨温度计显示的是零下八度。"真可笑。"我捅捅安德烈,"现在这么冷,却过春节。嚯!"我们大笑起来。徐阿姨和蔼地笑着说:"你们可能不知道,春节是我们传统的新年。直到50年前,我们的年历都是按照农历计算的。新年在一月底和二月中之间,我们总是把这个新年称为春节。有什么可笑的呢?中国很大,在北京还很冷的时候,南方的杏树已经开花了。"

我们没想到这些,羞愧地低下头。徐阿姨并不笑话我们,她兴致勃勃地说:"长江以南,也就是我出生的地方,杏树已经开花了,小麦已经长得这么高了,在你们那里是怎么说的?兔子在里面跑都不会被发现。现在是栽种水稻的时候了。托马斯,知道你刚才吃的橙子是在哪里长的吗?"还不容我回答,她就自己把答案告诉我了:"橙子长在中国南方,现在正是橙子和柠檬的收获季节，在最南的地方很快也要收香蕉了。我们现在是不是可以过春节了？在我们的广大地区已经是春天了。即使在这里还感到寒冷，我们也为春天的到来感到高兴。"

我很难想象：又是春天，又不是春天。有啦，要是我们能到南方去一趟就好了！可是我们还要上课，必须留在北京。

徐阿姨叹息着："我今年也不能回老家。你们相信吗，我真想回去。"怎么会不相信呢！收橙子代替沙尘暴，何乐而不为！

徐阿姨快速抹开一缕不听话的刘海，把一切不快的想法也撇到了一边。"这样吧！"她大声说，"咱们一起去逛庙会，在北京也会很开心。"

庙会？这又是什么呢？"逛庙会是整个春节的高潮，春节有三天，你们等着瞧吧。"

我们央求她："现在就告诉我们吧！"但是她摇着头说："我们去逛庙会的时候再说。庙会在南城，你们要走好多路呢。你们现在回家吧，我还得工作。"

春节前一天，二月的一个下午，我们准时等在那里。徐阿姨刚一到，我们就嚷嚷开了："现在就讲！什么是庙会？春节还干什么？"

"我马上就讲。"她笑着说，"但是我们要注意走在一起，今天街上的人很多，我可不想丢了谁。""哼，才不会那么严重呢。"安德烈嘟囔着。我们刚拐到主要街道上，就碰到了拥挤的人群。整个大街五彩缤纷，热热闹闹。我马上紧紧拉住米沙的手，他自然也不愿留在家里。从老奶奶到刚会走路的小不点儿，今天都出门了，偏偏都来到这条大街上，大家只能向前挪动。

"你们都拉好手！"徐阿姨警告说，从她的声音中透露出担忧。然而，挤来挤去似乎又使她感到很开心。"当然开心啦。"她说，"大家都往庙会走就得是这样。""走！"我抗议道，"脚都不知道往哪儿搁。""哎呀！"安德烈叫了起来，尽管我没觉得踩了他的脚。

"从前，"徐阿姨说，她故意把这个词拖得长长的，让我们感到这个"从前"已经终于过去了，"从前我们也总是在除夕晚上来到大街上。老人们说,除夕晚上'财神爷'会穿过城市,人们希望遇见他,使自己发财,或者至少能从他的财富那里沾点儿光,好在春节有肉吃,有点心吃。"

"有人碰到过他吗?"徐阿姨挥挥手说:"你想得倒好!'财神爷'不会从穷人的胡同中走过。""也许他让人用轿子抬着穿过大街?"安德烈猜测着。"谁知道呢。"徐阿姨说,"反正他没有帮我们。"

"你们现在还找他吗?"她笑了:"让他见鬼去吧!我们能自力更生。看看这些人们,你们觉得他们害怕明天地主来收年租吗?""现在没有地主了。""对呀。""但是大家为什么还都跑到大街上来呢?""你们为什到这儿来呢?""还用问吗,来看庙会。""是呀,大家都来看庙会。这是我们的风俗,就像你们的圣诞树和复活节彩蛋一样。我们马上到了。"

大街更宽了,在大街两旁的墙下搭起了摊子,人群聚集在小摊前。我们先看什么?"我们最好跟着人群走。"徐阿姨建议说。

我们来到摆着许多五颜六色的画的桌子前。"年画。"徐阿姨解释说,"我们把年画贴在大门上,带来喜庆气氛。"

"就像给邻居的贺卡一样?""没错儿。这些是来自我们的生活、来自历史和戏剧的题材。""他们有漂亮的剑。"米沙满怀羡慕地望着一幅画中两个对打的中国英雄。

"在这儿可以买到这种剑。"徐阿姨领着我们继续向前走。我应该怎么描述呢?北京的春节庙会就像我们那里的年集和德累斯顿的民俗节一样,只不过是中国式的。(图27)庙会上有冰棍儿、糖果、蛋糕,但是没有棉花糖。在这里,大家吃糖葫芦,这是一种樱桃大小的红红的裹着糖的小果子,串在半米长的签子上。真好吃呀!

那里有剑!米沙拽着我跑到了一个摊子前。呵,这些涂着金色银色的刀剑真漂亮呀!一个大男孩在那里舞剑,他的功夫真棒!闪亮的佩剑在空中飞舞,他打败了一个又一个无形的对手。"皇帝有这种剑吗?"我们的小弟弟天真地问。我没有回答他,

图 27　北京的庙会

因为我发现了更有意思的东西：一大堆面具。我知道这是什么，京剧里的英雄们总是带着这种面具。上面涂着黑色、红色和白色，有些面孔很吓人，有些又很和善。

"我正好要过生日了，我希望得到这个面具作为生日礼物。在家里过狂欢节时我戴上它，这样没有人会认出我。"安德烈说。"大家都会被你吓跑了。"徐阿姨说。"哎，哪儿的话，我们才不那么胆小呢。"安德烈反驳道。我们又继续往前走，还有很多好东西呢：用染色的竹子做的风车和箜篌，用软木雕刻的会自动啄食的小鸟，还有贴着羽毛的会像真鸟一样扇动翅膀的小鸟。最漂亮的是那些风筝。我相信，在世界上任何国家都不会像中国一样制造出这么壮观的风筝。它们的骨架是用劈开的竹子做的，所以很轻。上面贴着薄薄的宣纸，它肯定也是世界上最轻的纸。

"安德烈，"我小声说，"安德烈，这个……怎么样？""嗯。"安德烈犹豫地从兜里掏出我们让他保管的三兄弟的钱，"我们买一个吗？""当然啦，我们买那个像真龙一样的。"我指着一个眼睛会转的五彩怪物。"嘿，那个带弯嘴的鹰更好。"安德烈拒绝说。"不对，那个龙更漂亮。""我更喜欢那个鸟。""你自己懂个鸟！"

"你们在吵嘴吗？"徐阿姨站在我们身后惊讶地问。"没有，没有。"我马上说。"我们只是在考虑哪个风筝最漂亮。"安德烈也和解地说，"我们想买一个风筝。您觉得哪个最漂亮？那个鸟？""还是那个龙？""我会买那个蜻蜓。它有一个漂亮的尾巴，在飞的时候尾巴会转动。"

"是呀，也许……"我们互相望着，拿不定主意。"米沙想要哪个？"徐阿姨问。米沙？米沙跑到哪里去了？我们转过身左看右看。米沙不见了，真糟糕！

"米沙！"我大声地喊，引起了所有人的注意。然而，却听不到米沙的回答。"你拉着他的手来着。"安德烈责怪我。"妈妈把他托付给你了，你应该关照他。"我指责他，我们互相埋怨。徐阿姨沉默不语，脸色变得煞白。我们再一次喊着："米沙，米沙！"米沙不回答。"我们必须找他。"安德烈说。"可是到哪儿去找呢？"徐阿姨望着熙熙攘攘的人群悲哀地说。我敢肯定，她现在看到拥挤的人群，一点儿也不感到开心了。

"米——沙——，米——沙——！"但是我们的小弟弟还是踪影全无。庙会上大概有多少人？一千、两千、一万人？我们的小米沙一个人，孤独无助，没有买车票的钱，不认识回家的路！想到这些，我心里难过极了。

"找是一点儿用都没有。"徐阿姨伤心地说。我们也当然看到了这一点。那么，怎么办呢？这时，我突然有了一个主意。"等一等，"我说，"我能找到他。""你呆在这儿。"徐阿姨抓住我的大衣，"你也会走丢的。"

"不会的。"我安慰她说，"我会再找到这个摊子。在这里的墙上飘着一个风筝，我们买糖葫芦时，我就看见它了，回到这里没问题。"

"你到哪儿去找米沙？"我眨巴眨巴眼睛，我有时候不想让人知道我的想法时就这么做。"给我五毛钱。"我对安德烈说,"我把米沙找回来。"安德烈生气地看着我:"你别傻了!你要是看见米沙,就把他带到这里来。要钱!米沙可能正在哭呢!"

徐阿姨抓住我的大衣不放。没办法,我只好把我的主意告诉她。我在她的耳边悄悄地说了几句,我想,她应该比安德烈更明智,果然如此:"有可能。"她说,"给你五毛钱,快去吧,我们等着。"

她说着就放开了我,又抓住安德烈。"你们买风筝吧!"我边喊边挤进人群。回答我是听不见了,我得小心地在人群之间钻来钻去。

现在更拥挤了,因为大家都想往我来的那个方向走。幸好我的体操得了个优,我有力气到处挤来挤去,只是我的个子不够高,没法往远处看。现在重要的是我要看得准确,不是看到米沙,而是看到另一个东西。于是,我总是紧挨着售货摊往前挤。卖冰棍的和卖玩具的人的喊声在我的耳边此起彼伏,但是我置之不理。我推撞了别人,别人也不介意。我推呀,挤呀,跑呀,眼睛只盯着各个货摊。怎么还不见我要找的东西呢？我们真的走了那么远吗？我错过了那个货摊吗？米沙难道真的……？

在那儿！那个就是我们一开始停留的卖刀剑和面具的摊子！那个大男孩现在戴上了一副面具，舞动着佩剑。围观的人群形成了一个密不透风的人墙，大家都在那里观看，谁也不想离开。但他们还是让我这个挤来挤去的小老外钻到了前面，他们肯定在想：这个欧洲人怎么这么性急呀！他们当然不知道我是在找我的小弟弟，嘿，他还真的在那儿呢，他仍然站在最前面，紧贴着桌子，贪婪的目光追随着舞动的佩剑。我的心怦怦地跳着。米沙，米沙，可找到你了！然而，我却严厉地说："你怎么还站在这儿！我们找你已经找遍了整个庙会！"米沙吃惊地转过身来，他的样子就像妈妈晚上念故事时正念到紧张的地方却把书合上了一样。"走呀！"我训斥道。米沙的眼睛充满失望。"可是我还想……"

"你什么都别想。"我打断他，"安德烈都哭了，徐阿姨几乎昏倒了，警察马上就要找你了。""为什么？""因为你跑掉了。""我根本没跑掉,我一直站在这里。我想……"米沙开始抽泣。我开始心疼他了,我拿着那张五毛钱,在他鼻子底下晃来晃去:"你看,你想……?"米沙难以置信地看着那张五毛钱,一滴眼泪从他的脸上滚下来,他问:"给我的?"

"买佩剑的。"我笑了,"你想要哪一把?快挑一把,我们得赶快走。""那把!"可想而知,米沙就想要那个舞剑的男孩手里的那把,他也得到了它。他把剑紧紧地拿在手里,我紧紧地拉住他的另一只手,离开了那里。这么个小孩儿可不好管!他到处都想停留,他也想试一试剑。但是,我不让他停下来,我用风筝哄他,告诉他我们今天还要放风筝。

我们到了。我们听到了欢快的叫声。徐阿姨的两颊又红润起来,安德烈抚摸着米沙的皮帽子。"你们买风筝了吗?"我想知道。"没买。""没买?那么,你们这些时间都干了些什么?"安德烈郑重其事地说:"我们决定,由你来挑。"

"由我来挑?"我哥哥还从来没这么谦让过。"对,因为是你想到了米沙可能在哪儿,是你找到了他。"安德烈说着把我们的钱塞到我的手里。"你也可以第一个放风筝。"徐阿姨补充道。"我也想放风筝。"米沙喊道。"你不要吵吵。"他们两人对他说,"如果托马斯没有找到你,你还不知道在哪儿呢。"米沙对这个决定无话可说了,我却非常自豪和满意:"你们看见了吧,老二又怎么样!童话故事里只有老大或老小是英雄,都是骗人的。你们没有我能行吗?"

"你别马上不知天高地厚。"安德烈抗议道。"我才不呢。"我安慰他,"我还得买风筝呢。我们就买那个尾巴亮闪闪的蜻蜓,你们同意吗?"同意。

"咱们现在马上离开庙会。"徐阿姨催促说,"咱们不安全地离开这里,我心里就不踏实。""我们在哪儿放风筝?""这里的地方太小了。"徐阿姨表情神秘地说:"我们去所有孩子放风筝的地方。""在哪儿呀?"我把好不容易得到的风筝高高地举过头顶,不让它受到损坏。

"天安门。""故宫前面的广场。""对。""皇帝以前也允许人们在那里放风筝吗?""不允许,但是,那已经是很久以前的事了,今天,那里的广场最适合于放风筝,因为它很大。"

徐阿姨的这一招很灵,让我们的腿马上活动起来。我们很快劲头十足地从拥挤的人群中挤了出来。米沙累了吗?他有时跌跌撞撞,睁大了眼睛望着天空,他不是在做白日梦,他正把剑指向空中:"一个风筝,你们看到了吗?"在高高的蓝天上飘动着一个风筝,又出现了第二个、第三个。离天安门可能不太远了,我们更加迫不及待了。徐阿姨气喘吁吁地喊着:"到了拐角向左拐,我们就到了!"(参见图28)

好多孩子在这里放风筝!但是,在这个五一节聚集着几十万人的巨大广场上,一两百个孩子仅仅是一些不起眼的小黑点儿。他们的纸蜻蜓和纸鸟风筝在风中翱翔,飞过故宫的红墙,飞得像新建的革命历史博物馆的白墙柱那么高。

我们的蜻蜓也加入进去,它扯着拉线飞得越来越高,它那用

图 28　托马斯、米沙和徐阿姨

锡纸做的眼睛闪闪烁烁。

一个漂亮的风筝！一个雄伟的广场！不再有神仙皇帝真是太好了！

丝绸、茶叶和黑麦面包

"你们猜我带来了什么!"爸爸晚上一进门就喊。"有信件来了?"妈妈问,她写了许多信,自然希望收到回信。"没有,比这个更好。"爸爸神秘地说。"一个包裹。"我猜测着。"比包裹好多了。"爸爸以同样的口气说。"我们要回家了?"安德烈的声音中充满怀疑。爸爸回答说:"还差一点儿。"差一点儿?这是什么意思?"告诉我们吧!你简直是在折磨我们!"

"先让我脱了大衣。"爸爸狡黠地笑着。他故意慢慢地把大衣挂在衣架上。我们围住了他。"是这样的。"他又开口道,"如果我没弄错的话,'什未林号'正停泊在天津港。"

"'什未林号'?""我们的万吨巨轮?""天津港离这儿多远?"我们七嘴八舌地说起来。我们的"活辞典"安德烈抱来了地图。他正儿八经地宣布:"这里距新港 150 公里。"

"爸爸,我们到那里去!求求你了!""当然要去啦!"爸爸高兴地和我们一起穿过门厅,"你们以为我为什么告诉你们?我都订好汽车票了。"

在继续讲下去之前,我先讲讲我们的轮船来中国干什么。谁都知道,在我们国家能见到中国产品。但是,有人知道茶叶、丝绸和其他东西怎么从遥远的中国海岸来到我们这个地方,我们用什么支付吗?

大部分中国产品在中国港口装载到我们的轮船上。"柏林号""和平号""什末林号"和"德累斯顿号"将这些好东西运往罗斯托克或维斯马。当然不止这四艘轮船,瓦尔诺造船厂每年都有一艘轮船下水,我没法一一点名。

现在"什末林号"正停在天津港。它不是空手而来,它的船舱里装满了中国从我们那里买的东西。我们把机器、化肥和许多其他东西运到中国,并且以此支付我们从中国得到的东西。

现在上车,奔赴天津,迎接"什末林号"!

新港离市区不远,平原上的道路纵横交错。我们以为从远处便可看到波光粼粼的水面,然而一些山丘挡住了我们的视线。山丘?"奇怪的山丘。"安德烈审视地说,"我觉得它们不是真的山。"

它们看上去就像采石场堆起的砂石山一样,也是那么高,也是那样堆积起来的,上面没有任何植物。山丘的颜色是混浊的白色和灰色,这种土我还从来没见过。

"这些山丘是由盐堆积起来的。"爸爸解释说。"盐?"我从打开的车窗闻了闻,"人们把盐运到这儿来了?""不是,这些盐取自海水。"

"嗯。"安德烈皱起了眉头,思索着,我也得好好琢磨一番,只有米沙迫不及待地说:"在海底有盐吗?所以海水这么咸?"

"嘿,你真傻。"安德烈和我咔咔笑着。"你们就更聪明吗?"爸爸护着小弟弟。

"当然啦,海水里面含有盐分,但是盐不是在海底。"我马上用上了我的知识。爸爸毫不放松:"那么,怎么把盐取出来呢?"

我求助地转向安德烈,他试图摆脱困境。"这是一个物理过程。"他常常以这种"学究式"的表述为自己解围。安德烈知道,物理将揭示许多不解之谜,他并不知道为什么是物理过程和物理怎样揭示不解之谜,但是,如果他镇定地说:"这是一个物理过程。"那么所有人都会想:他真聪明!这一次他又非常走运。

"很对。"爸爸说,"你们再往窗外看一看,你们看见许多围起来的池子了吗?"看见了,盐山消失了,平地被分割成许多方块,大约半米高的堤将它们互相隔开。方块里是盐。我们的汽车继续飞驰,只见方块中现在是水。

"涨潮的海水被引到地里,留在方池子里。"爸爸解释说,"最后,水蒸发了。结果剩下了什么?""盐!"我们高兴地说,"物理过程这么简单呀?""不总是这么简单。"爸爸笑了,为了使我们不再提出什么问题,他马上补充说:"我们马上到了。"

说着,汽车已经开进了码头,船一条挨着一条地停在那里。哪条是我们的船?我们把脸紧贴着车窗,但是我们只能看见船帮。"标志在船头上。"爸爸说,他可以从后视镜看到船头。汽车停了下来。

"什未林到了!大家请下车!"安德烈就像在什未林火车站

一样，忘乎所以地喊起来。我们站在那里，目不转睛地盯着高大的灰色船身。"机动船什未林号"。我们共和国的国旗在风中飘扬，我们的心中升起一股庄严感。我怎么解释好呢？我们离开家已经有好几个月了，中国对我们来说不再陌生。我们在北京有熟悉的游乐场，听惯了人们说另一种话，看惯了在所有商店和宣传画上写着漂亮的汉字，现在我们突然读到"Schwerin"（什未林），结果可想而知。

我们的货船整洁优雅地在新港码头摇来荡去。"这条船真大！"米沙惊诧不已。"而且很漂亮！"安德烈神往地补充道，他高兴得忘了把在北京查到的数据告诉我们：157.6米长，20米宽。我不知道我们在那里站了多长时间。（图29）

"嗨，小家伙们，你们不想上来吗？"一个声音从上面传来。一个人从栏杆后向我们和爸爸妈妈挥手，我们马上顺着舷梯爬上去，那个陌生人向我们伸出手。"你好，船长。"我向他问候。他笑着说："我只是船长的助手，我叫威尔莫斯，船长在指挥装卸。

图 29　停泊在天津港的什未林号

但是，你也可以和我交朋友。"

"当然啦。您是从什未林来的吗？"我问。"不是，我是柏林人。""哦。"我感到失望。他注意到了。"你以为我们的船叫'什未林号'，我们就都是什未林人吗？""不，不完全是，但是，我是从什未林来的。"

"原来如此。他们是你的兄弟吗？这下我们有增援部队了，我们船上也有什未林人。"他从我的头顶上举过米沙，因为我还一直站在舷梯的最后一级，挡住了上船的路。他说："你们现在就跟到家了一样。"是的，我们也有了到了家的感觉。

我们看见了向下去的梯子旁边悬挂着什未林的图片，非常高兴。安德烈向威尔莫斯同志介绍说："这是什未林宫殿，幼儿教师在那里学习。这是大教堂，是砖砌哥特式建筑。"

"哦，"威尔莫斯同志惊讶地说，"我又学到了一些东西。""为什么？您以前不知道吗？"威尔莫斯同志遗憾地举起手说："我想，我们到现在为止缺少地地道道的什未林人，幸亏你们来了！"

我满腹狐疑地偷偷地看着他,我觉得,他在拿我们开玩笑。"我们了解什未林,"我小心翼翼地说,"但是我们还从来没有上过船。"

我们的新朋友笑了:"我知道。所以我现在要带你们参观参观,你们想先看什么?""机械。"我们异口同声地说。这个回答也令他感到满意:"对,机械最重要。"

我们经过甲板,走下阶梯,来到机械舱。除了"哇"和"噢"之外,我们不知说什么好。米沙只是张大了嘴,发不出声来。把这艘巨轮从波罗的海开到中国需要大型机械,这一点我们已经想到了。但是,这个万吨巨轮的机械舱几乎像一个工厂一样,我们被深深地震慑住了。我们比较一下汽车发动机就清楚了。

"瓦特堡汽车有36马力。"我大声说。"一个柴油发动机有1800马力。"威尔莫斯继续说,"我们的船有四个发动机,一共有……""7200马力。"安德烈也回过神儿来了,"能开多快?""15节。"

节？真是学无止境！

"15 节也就是每小时 15 海里，1 海里等于 1.852 公里。"威尔莫斯同志解释道。我马上把它记在了笔记本里，回家后将它换算出来。

我们到处参观。机器自然都是静止的，因为船正停在港口。这里一切都干干净净，明光铮亮！"方向盘在哪儿？"米沙问。"方向盘在我们这里叫舵，位于上面的指挥台。这里是'什未林号'的心脏，指挥台是'什未林号'的头脑。"

我们得认识一下这个"头脑"，它当然不仅是舵，为了使轮船在海上安全航行，还需要陀螺罗盘、回声测深仪、雷达和其他许多安全装置。这么多新概念都快把我搞懵了，我的笔记本已经写得密密麻麻的了。

"你也想当船长吗？"船员克劳斯开玩笑说，他是"地道的"什未林人，他也来陪伴我们。"也许吧。"我觉得这里特别有意思，但是我还说不准：有意思的职业多着呢，而且，我们得先参观完

看小
中老
国外

整个轮船再说。要参观的地方太多了:电动吊塔、两个起重机、可以一次吊起50吨货物的大型吊塔、堆积货物的中层甲板、冷却室、油舱。

当终于来到餐厅休息的时候,我们都很疲惫了,但是,我们还想问一个问题:"你们船上装了些什么?""我们从维斯马运来了化肥、钾肥,一共有6000多吨,还有生产工具的机器、车床、压床……""你们带回去什么?丝绸和茶叶?"

威尔莫斯同志和克劳斯笑了起来。克劳斯无可奈何地说:"你们知道吗,你们在这里已经生活了一年,竟然提出这么愚蠢的问题。""为什么是愚蠢的问题?我们国家难道不从中国购买茶叶和丝绸吗?"我辩护道。

"这也没错。"威尔莫斯同志安慰我说,"只是茶叶和丝绸听上去很不错,而且也是漂亮的和重要的东西,但是,我们还从中国得到比亮丽的锦缎更珍贵、更不可缺少的东西。"

"比如说?""比如说我们返回装载的东西。矿石:锰、硼。

金属：锡、锑和钨……""来自北戴河！"我高兴地跳了起来。现在，轮到两个船员惊讶不已了。我们讲述了夏天的经历，讲到黄海的财富。威尔莫斯同志感到满意："你们已经知道了什么是重要的了。"他说，"我再告诉你们我们还带走什么：我们用来生产植物黄油的黄豆、花生仁儿，还有大米、油、罐头，当然也少不了……""茶叶和丝绸。""对，茶叶和丝绸。现在先吃点儿东西吧，你们肯定已经饿了。"

正说着，一位服务员把装得满满的盘子放在了我们面前。我们也毫不客气，煎肉的香味扑鼻而来……那是什么？桌上放着一大盘黑麦面包！

克劳斯和威尔莫斯同志又摇起头来。看到我们一片接一片地把面包塞到嘴里，克劳斯好意地说："最好是吃肉。""他一点儿都不懂。"我叹息着转向安德烈，安德烈又津津有味地掰开另一片面包，他解释说："这是真正的面包！我们已经一年没有吃到这样的面包了。真正的黑麦面包！闻着真香呀！"

"这都是你们带来的吗?"我问,"这么新鲜?""这是我们的厨师自己烤的。"克劳斯回答,"我们有自己的面包房。难道你们以为在'什未林号'上我们靠吃面包干儿生活,就像你们从古老的海盗故事中听说的那样?"

让他笑话好了!我们才不理会呢。但是,他们在船上有真正的黑麦面包吃……也许,我应该当船长。

"多吃点儿,"威尔莫斯同志说,"海风让人感到饥饿。"海风!透过舷窗人们可以看到无尽的灰色水面,地平线淹没在中国春天蓝色的天空中。我们在船里就像在我们的共和国一样,家乡的照片装饰着墙壁。

"面包这么好吃,也许,你们想和我们一起回家?"克劳斯笑着说,"什未林也很美。秋天城市西部盖了数百套住宅,我也住在那里,那是一个新的住宅区,你们回去后会发现那里发生了很大变化。"

我们沉默了。他继续说:"等我休假的时候,我邀请你们到什未林湖坐帆船,你们还记得什未林湖吧?"

我们一声不吭,甚至停止了吃饭,饭突然变得难以下咽。我们呆呆地盯着盘子。这时,爸爸推开了餐厅的门:"你们在这里呀!"他喊道,"快点儿吃,我们该回去了。"

他正想离开,这时米沙开腔了:"爸爸,我们也很快可以回家了吗?"(图30、图31)爸爸吃惊地看着我们,他的目光依次落在我们身上。"很快。"他说,"我们很快就叫以回家了。但是回家之前你们肯定想去颐和园划划船,对吗?你们是不是也想看一看十三陵过去皇帝陵墓的宝物,是不是也想看一场地道的中国木偶戏?"

"呵,"克劳斯用特别羡慕的口气说,"你们真是太美了。你们的北京肯定特别有意思。""还不止是这些。"我大声说道,"还有紫禁城和天坛……""还有长城!"安德烈也插嘴说,"您还没登过长城吗?""没有。"威尔莫斯同志回答,克劳斯说:"我想,你们比我们船员见的世面还要多。"

图 30　乘船回国——这是后话了

图 31 乘船回国——这是后话了

看中国
小老外

这时我突然想起什么,我说:"在北京也修建了许多新住宅。每个星期这个城市都在变样。住在那里的人是住在什未林的人的50倍。因为所有的人都齐心协力,建设得很快。儿童们也一起帮忙,他们种树种花。现在是春天,他们又开始劳动了。"

"我们也种树,"安德烈补充说,"种杨树,杨树长得快。我们班明天去苗圃取杨树苗。""这可缺不了你,"威尔莫斯同志说,"这里需要你。"

"当然了。"安德烈自豪地说。"而且儿童节快要到了,"我说,"你们还记得去年的儿童节吗?不知我们是否又能见到'新指挥员'和穿着漂亮裙子的女孩子们。""可惜,我们不能和你们一起呆在这里。"克劳斯叹息着。

然后,我们就告别了,爸爸已经在看表。

"可惜我们不能一起航行!"当我们下了船,站在码头向上挥手的时候,我再次这样想。威尔莫斯同志从船上喊道:"我们下次再来时，把你们一起带回家，到时你们必须把更多的见闻讲给我们听。你们利用这段时间在中国好好看一看，瞧一瞧。"

是的，这正是我们要做的事！